JOHANNA LINDSEY es una de las autoras de ficción romántica más populares del mundo, con más de sesenta millones de ejemplares vendidos. Lindsey es autora de cuarenta y seis *best sellers*, muchos de los cuales han sido número uno en la lista de los libros más vendidos del *New York Times*. Vive en Maine con su familia.

ZETA

Título original: *The Present*
Traducción: Albert Solé
1.ª edición: noviembre 2011

© Johanna Lindsey, 1998
© Ediciones B, S. A., 2011
   para el sello Zeta Bolsillo
   Consell de Cent, 425-427 - 08009 Barcelona (España)
   www.edicionesb.com

Printed in Spain
ISBN: 978-84-9872-575-9
Depósito legal: B. 31.070-2011

Impreso por LIBERDÚPLEX, S.L.U.
Ctra. BV 2249 Km 7,4 Polígono Torrentfondo
08791 - Sant Llorenç d'Hortons (Barcelona)

El marqués y la gitana

JOHANNA LINDSEY

ZETA

*Para los muchos fans que quieren
a los Malory tanto como yo.
Este regalo es para vosotros.*

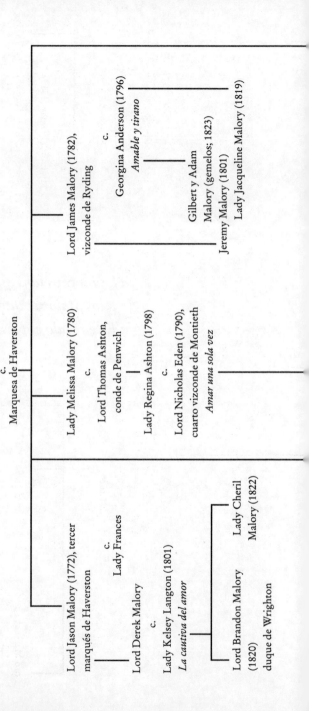

Árbol genealógico de la familia Malory

Abuela zíngara

El segundo marqués de Haverston
c.
Marquesa de Haverston

Lord Jason Malory (1772), tercer marqués de Haverston
c.
Lady Frances

Lord Derek Malory
c.
Lady Kelsey Langton (1801)
La cautiva del amor

Lord Brandon Malory (1820) duque de Wrighton

Lady Cheril Malory (1822)

Lady Melissa Malory (1780)
c.
Lord Thomas Ashton, conde de Penwich

Lady Regina Ashton (1798)
c.
Lord Nicholas Eden (1790), cuarto vizconde de Montieth
Amar una sola vez

Lord James Malory (1782), vizconde de Ryding
c.
Georgina Anderson (1796)
Amable y tirano

Gilbert y Adam Malory (gemelos; 1823)

Jeremy Malory (1801)

Lady Jacqueline Malory (1819)

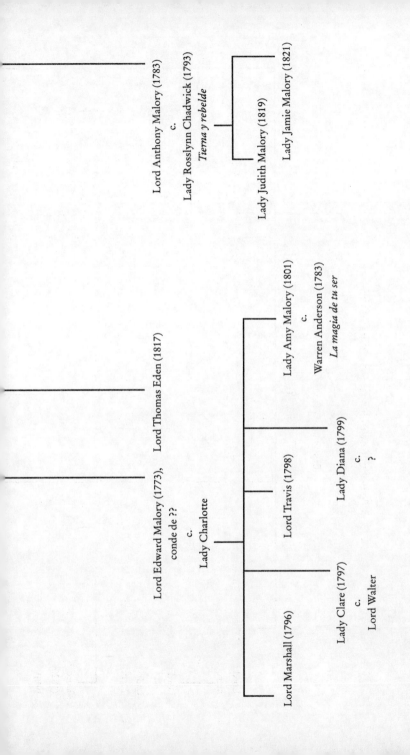

Lord Anthony Malory (1783)
c.
Lady Rosslynn Chadwick (1793)
Tierna y rebelde

Lady Judith Malory (1819)

Lady Jamie Malory (1821)

Lord Edward Malory (1773), Lord Thomas Eden (1817)
conde de ??
c.
Lady Charlotte

Lord Marshall (1796)

Lady Clare (1797)
c.
Lord Walter

Lord Travis (1798)

Lady Diana (1799)
c.
?

Lady Amy Malory (1801)
c.
Warren Anderson (1783)
La magia de tu ser

Árbol genealógico de la familia Anderson

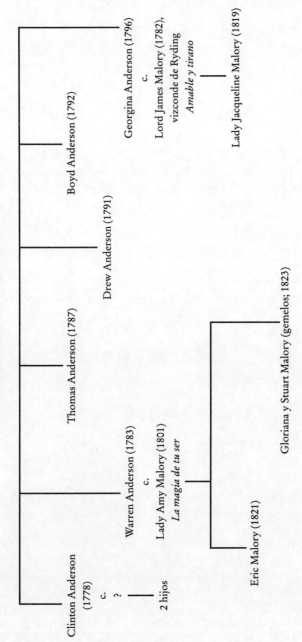

Clinton Anderson (1778)
c.
¿?
2 hijos

Warren Anderson (1783)
c.
Lady Amy Malory (1801)
La magia de tu ser

Thomas Anderson (1787)

Drew Anderson (1791)

Boyd Anderson (1792)

Georgina Anderson (1796)
c.
Lord James Malory (1782), vizconde de Ryding
Amable y tirano

Eric Malory (1821)

Gloriana y Stuart Malory (gemelos; 1823)

Lady Jacqueline Malory (1819)

1

Inglaterra, 1825

Los Malory siempre pasaban las fiestas navideñas en Haverston, la casa de campo ancestral donde habían nacido y se habían criado los más viejos del clan. Jason Malory, tercer marqués de Haverston y el mayor de cuatro hermanos, era el único miembro de la familia que seguía residiendo de manera permanente en ella. Cabeza de familia desde la temprana edad de dieciséis años, Jason había criado a sus hermanos —las actividades de los cuales no habían podido ser más escandalosas— y a una hermana pequeña.

En la actualidad, los integrantes del clan y su descendencia eran tan numerosos como difíciles de localizar, a veces incluso para el propio Jason. La consecuencia de ello era que esos días Haverston acogía a una auténtica multitud dispuesta a celebrar las fiestas navideñas.

El único hijo y heredero de Jason, Derek, fue el primero en llegar cuando aún faltaba más de una semana para Navidad. Le acompañaban su esposa, Kelsey, y los dos primeros nietos de Jason, un niño y una niña, ambos rubios y de ojos azules.

Anthony, el más joven de sus hermanos, fue el siguiente en llegar pocos días después. Tony, como lo llamaban casi todos, le confesó que había salido huyendo de Londres en cuanto se enteró de que su hermano James tenía asuntos pendientes que aclarar con él. Enfurecer a James era una cosa, y algo que Anthony solía tratar de conseguir, pero cuando decidía salir de caza... Bueno, entonces Tony optaba por la prudencia y prefería mantenerse lo más alejado posible de él.

Anthony y James eran sus hermanos pequeños, pero entre ellos sólo se llevaban un año. Ambos eran excelentes pugilistas y Anthony podía enfrentarse a los mejores adversarios, pero James era más corpulento, y sus puños solían ser comparados con un par de ladrillos.

Con Anthony llegó su esposa, Rosslynn, y sus dos hijas. A los seis años de edad Judith, la primogénita, había salido a sus padres y poseía tanto la magnífica cabellera dorado rojiza de su madre como los ojos azul cobalto de su padre, una combinación realmente impresionante que Anthony temía haría de ella la gran belleza de su época, una perspectiva que —en su doble condición de padre y antiguo libertino reformado— encontraba francamente inquietante.

Pero su hija pequeña, Jamie, también rompería unos cuantos corazones.

Sin embargo, incluso entre todos los invitados presentes, Jason fue el primero en fijarse en el regalo que había aparecido en la sala mientras su familia estaba desayunando. En realidad, resultaba bastante difícil pasarlo por alto, ya que estaba colocado bien a la vista encima de un velador junto a la chimenea. Envuelto en una tela dorada rodeada por una cinta de terciopelo rojo rematada con un gran lazo, tenía una forma bastante curiosa y sus dimensiones hacían pensar en un grueso libro, aunque una protuberancia redonda en la parte superior sugería que no se trataba de nada tan sencillo.

Empujarla con un dedo reveló que la protuberancia podía ser desplazada, si bien no mucho, como descubrió Jason cuando inclinó el regalo hacia un lado y ésta no cambió de posición. Eso ya era bastante curioso, pero todavía más curioso resultaba el hecho de que no hubiera ninguna indicación de para quién era el regalo, ni de quién lo había dejado allí.

—Es un poco pronto para empezar a repartir los regalos navideños, ¿no? —observó Anthony cuando entró en la sala para encontrarse con Jason sosteniendo el regalo—. Ni siquiera han traído el árbol.

—Eso mismo estaba pensando, dado que no he sido yo quien lo ha puesto ahí —replicó Jason.

—¿No? Entonces ¿quién ha sido?

—No tengo ni idea.

—Bueno, ¿y para quién es? —preguntó Anthony.

—A mí también me gustaría saberlo —admitió Jason.

Anthony enarcó una ceja.

—¿No había ninguna tarjeta?

Jason sacudió la cabeza.

—No. Acabo de encontrármelo encima de este velador —dijo, y volvió a dejarlo en él.

Anthony también cogió el regalo para examinarlo.

—Hummm. Alguien lo ha envuelto con mucho cuidado, de eso no cabe duda. Apostaría a que fascinará a los niños... al menos hasta que averigüemos qué es.

En realidad, también fascinó a los adultos. Durante los días siguientes, y dado que nadie de la familia admitió haberlo puesto allí, el regalo causó sensación. Prácticamente, todos los adultos lo sopesaron, sacudieron o sometieron a alguna clase de examen, pero ninguno consiguió averiguar qué podía ser, o para quién era.

Los que ya habían llegado se reunían en la sala la noche en que Amy entró en ella con uno de sus gemelos en brazos.

—No me preguntéis por qué llegamos tarde, porque no os lo creeríais —dijo, y siguió hablando a toda prisa—: Primero, al carruaje se le soltó una rueda. Luego, uno de los caballos perdió no una, sino dos herraduras a menos de un kilómetro de aquí. Después de que por fin hubiéramos logrado solventar el problema y cuando ya casi habíamos llegado, el maldito eje se partió. Para entonces yo ya estaba convencida de que Warren iba a hacer añicos el carruaje. Le dio un montón de patadas, eso os lo puedo asegurar. Si no se me hubiera ocurrido apostar con él que llegaríamos a Haverston hoy, creo que ahora no estaríamos aquí. Pero ya sabéis que nunca pierdo una apuesta, así que... Por cierto, tío Jason, ¿qué hace aquella tumba anónima en el claro que hay al este de aquí? Ya sabes, el que está junto al camino que atraviesa tu propiedad. Al final tuvimos que cruzarlo a pie, dado que a esas alturas era el camino más corto, y por eso hemos pasado por el claro.

Al principio, nadie dijo una palabra, ya que todos habían quedado un poco asombrados por aquella larga disertación. Pero, finalmente, Derek puso fin al silencio.

—Ahora que hablas de ella, prima, yo también me acuerdo de esa tumba. Reggie y yo nos tropezamos con ella cuando éramos jóvenes y recorríamos la propiedad haciendo travesuras. Siempre había tenido intención de hablarte de ella, padre, pero no se presentó la ocasión y acabé olvidándola.

Todos habían vuelto la mirada hacia Jason, pero éste se limitó a encoger sus robustos hombros.

—Que me aspen si sé quién reposa allí. Esa tumba ha estado ahí desde antes de que yo naciera. Recuerdo que en una ocasión le pregunté a mi padre quién estaba enterrado en ella, pero empezó a carraspear y enseguida cambió de tema, así que pensé que sencillamente no lo sabía y luego nunca volví a preguntárselo.

—Me parece que todos nos hemos tropezado con esa tumba alguna vez, al menos aquellos que crecimos aquí —observó Anthony sin dirigirse a nadie en particular—. Es un lugar extraño para una tumba, y además muy bien cuidado, cuando hay dos cementerios cerca, eso por no mencionar el cementerio ancestral de la propiedad.

Judith, que se había quedado junto al velador con la mirada fija en el misterioso regalo, fue a reunirse con su prima Amy para descargarla de la gemela de dos años. Judith era bastante alta para su edad, y tenía muy buena mano con los niños. Amy se sorprendió ante la ausencia de bienvenida, y así lo dijo.

—¿Dónde está mi abrazo, gatita?

Aquellas exquisitas facciones se limitaron a contemplarla hoscamente. Amy enarcó una ceja al padre de la joven.

Anthony puso los ojos en blanco, pero aportó la explicación que de él se esperaba.

—Está de mal humor porque Jack todavía no ha llegado.

Jack era la hija mayor de James y Georgina. Todos sabían que Jack y Judith, que sólo se llevaban unos meses de diferencia, eran inseparables cuando estaban juntas, y acusaban cierta aflicción cuando llevaban mucho tiempo separadas.

—No estoy de mal humor —masculló Judith con un mohín mientras volvía al velador.

Jason fue el único de los presentes en darse cuenta de que Amy sólo tenía ojos para el misterioso regalo. No le hubiese dado mayor importancia, de no ser por su expresión. El gesto fugaz que ensombreció el rostro de Amy le hizo preguntarse si no estaría teniendo uno de sus presentimientos. Su sobrina tenía una suerte fenomenal: no había perdido una apuesta en su vida, algo que ella atribuía a esas «corazonadas», como las llamaba, que tenía de vez en cuando. Jason las consideraba tan enigmáticas como incomprensibles, por lo que prefería ignorar si Amy tenía uno de sus presentimientos en aquel momento. Por eso sintió un gran alivio al ver que el gesto se disipaba y volvía a dirigir la atención hacia su hermano.

—Así que el tío James aún no ha llegado —dedujo Amy.

Anthony soltó unos cuantos carraspeos antes de hablar.

—No, y esperemos que no lo haga —dijo finalmente.

—Oh, cielos. ¿Os habéis peleado? —preguntó Amy.

—¿Yo? ¿Pelearme con mi querido hermano? Jamás se me ocurriría —replicó Anthony—. Pero alguien debería hacerme el favor de decirle que la Navidad es época de alegría y también de buenos sentimientos.

Derek soltó una risita al ver la cara que ponía su tío.

—He oído rumores de que el tío James te ha declarado la guerra. ¿Qué ha encendido la mecha esta vez?

—Si lo supiera, entonces sabría cómo apagarla, pero que me cuelguen si lo sé. No he vuelto a ver a James desde que dejó a Jack en casa después de haber salido con las chicas, y ya hace más de una semana de eso.

—Bueno, supongo que James me habría avisado en caso de que no pensara venir —observó Jason—. Así que cuando llegue, espero que tengáis la amabilidad de medir vuestras fuerzas fuera de la casa. Molly no soporta ver manchas de sangre en las alfombras.

Nadie se extrañaba de que se refiriese al ama de llaves de Haverston por su nombre de pila. Después de todo, Molly Fletcher llevaba más de veinte años ocupando aquel puesto. Sin embargo, el que también fuera amante de Jason desde hacía mucho tiempo —y madre de Derek— no era algo de lo que todos los miembros de la familia estuvieran al corriente. De hecho, sólo un par de ellos conocían la verdad. Jason no había informado de ello a Derek, su hijo, hasta hacía seis años más o menos por esas fechas.

Y poco antes de aquella Navidad ya pasada, Jason, que deploraba todos los escándalos relacionados con la familia, estaba dispuesto a crear uno concediendo a su esposa, Frances, el divorcio que quería, con tal de evitar que revelase lo que sabía acerca de ellos.

No obstante, Molly había seguido siendo el ama de llaves. Después de que Derek hubiera sido informado de la situación, Jason no había cejado ni un momento por convencerla de que se casara con él, pero Molly seguía negándose.

Molly no era de buena familia. De hecho, cuando ella y Jason se enamoraron hacía ya más de treinta años, Molly sólo era una criada. Y aunque él estaba dispuesto a armar uno de los peores escándalos posibles, el de que un respetado lord se casara con una mujer del pueblo, ella no estaba dispuesta a permitírselo.

Pensar en ello le arrancó un suspiro. Jason había llegado a la conclusión de que Molly nunca le daría la respuesta que tanto deseaba. Lo cual no significaba que se hubiera dado por vencido, desde luego.

Unos instantes después volvió a prestar atención a la conversación cuando Amy dijo:

—Nuestros gemelos han desarrollado ciertas peculiaridades. A veces se comportan de una manera rarísima. Cuando Stuart quiere atraer la atención de Warren, me ignora como si fuese una desconocida y viceversa, cuando quiere atraer mi atención, entonces Warren deja de existir para él. Y Glory hace exactamente lo mismo.

—Al menos lo hacen al mismo tiempo —añadió Warren, que por fin había llegado, mientras iba hacia Stuart y confiaba su hija Gloriana a los cuidados de Amy.

—Hace tiempo que quería preguntarles al tío James y la tía George si están teniendo el mismo problema con los suyos —dijo Amy con un suspiro.

—¿Todavía no se ha acostumbrado a ellos? —le preguntó Jason a Anthony, dado que éste mantenía una relación más estrecha con James y lo veía con más frecuencia, mientras que Jason no solía ir a Londres.

—Por supuesto que sí —aseguró Anthony abiertamente.

Aun así, nadie había olvidado cómo reaccionó James cuando Amy dio a luz gemelos y él le preguntó a su esposa Georgina, que era hermana de Warren y a la que casi todos llamaban George, de dónde habían salido.

—Santo Dios, George —dijo—, podrías haberme avisado de que en tu familia nacen gemelos cada dos generaciones. ¡Bien, pues te advierto de que no quiero gemelos en nuestra casa!

Por aquel entonces, Georgina volvía a estar embarazada y eso fue precisamente lo que dio a luz; gemelos.

Sí, pensó Jason, en Navidad los Malory ofrecían un espectáculo realmente maravilloso. A su vida sólo le faltaba una cosa para ser perfecta.

2

En su calidad de ama de llaves, Molly no solía estar presente cuando los Malory cenaban, pero hoy tenía que vigilar a una nueva doncella que servía la mesa por primera vez. Una larga experiencia le permitía mantener los ojos apartados del apuesto rostro de Jason, que estaba sentado a la cabecera de la mesa. No era que temiese delatarse si alguien la sorprendía mirándolo, aunque suponía que siempre cabía esa posibilidad. A veces era sencillamente incapaz de disimular sus sentimientos, y Molly tenía un montón de sentimientos que ocultar en lo que concernía a Jason Malory.

No, lo que realmente le inquietaba no era la posibilidad de delatarse, sino el hecho de que últimamente Jason revelaba demasiadas cosas cuando la miraba y el que ya no pareciese importarle que alguien pudiera darse cuenta de ello. Y con la casa llenándose rápidamente de toda la familia, había aún más personas que podían percatarse.

Molly estaba empezando a sospechar que Jason lo hacía a propósito, y que albergaba la esperanza de que fueran descubiertos. No es que eso fuese a hacerla cambiar de parecer, pero tal vez Jason pensara que sí lo haría.

Pero eso no alteraría nada, y Molly tendría que convencerlo de ello si no volvía a tratarla con su indiferencia habitual cuando hubiese otras personas cerca. Siempre habían tenido muchísimo cuidado, sin delatar nunca sus sentimientos mediante miradas, palabras o actos, si no estaban solos. Hasta que su hijo fue informado de la verdad, la única persona que los había sorprendido en un momento de intimidad fue Amy, la sobrina de Jason, cuando los encontró besándose. Y eso no habría ocurrido si por aquel entonces Jason no hubiese sido astutamente engañado.

Mantener en secreto su relación siempre había sido muy importante para Molly. Después de todo ella no era de buena familia, y amaba demasiado a Jason para causarle problemas. Fue por la misma razón por la que convenció a Jason de que Derek no debía saber que ella era su madre, aunque él no quería ocultarle eso a su hijo. Por aquel entonces, Jason aún no había tomado en consideración la posibilidad de casarse con ella, naturalmente. Era joven y, como todos los miembros de su clase, estaba firmemente convencido de que un lord no podía contraer matrimonio con una amante de baja cuna.

Lo que hizo fue casarse con la hija de un conde, por la única razón de proporcionar una figura materna a Derek y a su sobrina Reggie. La decisión acabó demostrándose desastrosa, dado que Frances, su esposa, era cualquier cosa salvo maternal. Pálida y delgada, para empezar no quería casarse con Jason, pero su padre la había instigado a ello. No soportaba que su esposo la tocara, y su matrimonio nunca llegó a consumarse. Frances pasó la mayor parte del tiempo separada de Jason para acabar exigiendo el divorcio, recurriendo al chantaje para obtenerlo.

Frances había sido la única en deducir que Molly era la amante de Jason y la madre de Derek, y amenazó con contárselo todo a Derek si Jason no ponía fin a su matrimonio. La familia capeó bastante bien aquel escándalo, y seis años después ya casi nunca se hablaba de ello. Jason hubiera podido impedir que llegara a desencadenarse —Derek había descubierto la verdad antes de que el hecho fuera público y se propagaran toda clase de murmuraciones—, pero no lo hizo.

—Esto es algo que debió hacerse hace años —le

había dicho entonces—. De hecho, este matrimonio nunca hubo de celebrarse. Pero corregir los errores de juventud rara vez resulta fácil.

Jason contrajo matrimonio por buenas razones, y también las había tenido para poner fin a él. Pero desde que se divorció no había parado de pedirle a Molly que se casara con él, para gran frustración de ella, pues sabía que Molly nunca accedería. Molly se negaría a ser la causa de otro escándalo Malory. La habían educado de esa manera. Y además, ya era más una esposa para él de lo que nunca lo hubiera sido Frances.

Pero sabía que sus continuas negativas a casarse con él, o incluso a permitir que revelara su amor al resto de la familia, también llevaban mucho tiempo siendo una fuente de frustración para Jason. Por eso temía que Jason albergara la esperanza de que todo acabase saliendo a la luz debido a algún descuido. No se trataba de que las miradas que le lanzaba fueran demasiado obvias, o al menos nunca lo serían para la servidumbre. Pero su familia ya era otra cuestión. Le conocían demasiado bien. Y pronto todos estarían allí...

Más familiares llegaron en el mismo instante en que aquellos pensamientos le pasaban por la cabeza. Reggie, la sobrina de Jason, y su esposo Nicholas junto con su pequeño, entraron en el comedor cuando aún no habían acabado de almorzar. Anthony enseguida se animó. Reggie quizá fuera su sobrina favorita, pero eso no salvaba a su esposo. Nicholas era su diana verbal favorita, por así decirlo, y dada la ausencia de su hermano James, con el que siempre estaba dispuesto a intercambiar pullas, Anthony echaba de menos un blanco adecuado para su ingenio satírico.

Molly estuvo a punto de poner los ojos en blanco, pero se contuvo a tiempo. Conocía a la familia de Jason tan bien como él, dado que éste lo compartía todo con ella, y eso incluía todos los secretos, manías y escándalos familiares.

Por eso no le sorprendió en lo más mínimo oír que Anthony le decía a Nicholas, mientras éste tomaba asiento frente a él:

—Te agradezco que hayas venido, viejo amigo. Llevo tanto rato sin morder a alguien que ya empezaban a dolerme los dientes.

—Los años empiezan a hacer de las suyas, ¿eh? —repuso Nick con una sonrisita burlona.

Molly se dio cuenta de que la esposa de Anthony le asestaba un codazo antes de hablar.

—Recuerda que es Navidad, y procura ser agradable aunque sólo sea por una vez.

Las negras cejas de Anthony subieron hacia su frente.

—¿Por una vez? Siempre soy agradable. Y te recuerdo que uno puede ser agradable sin más y ser... realmente agradable. Eso último queda reservado para quien de verdad se lo merece, como por ejemplo Eden.

Molly suspiró. Quería mucho a toda la familia de Jason, pero sentía un cariño especial hacia Nicholas Eden, porque había trabado amistad con su hijo en sus días de escuela, cuando Derek tuvo que enfrentarse a las consecuencias de que su ilegitimidad se hubiera hecho pública. Desde entonces los dos habían sido grandes amigos. Siendo típico en él, Derek se apresuró a intervenir para desviar de Nick la atención de Anthony.

—Reggie, ¿te acuerdas de la tumba que descubrimos en el claro del este hace tantos años? —le dijo a su prima—. Me parece recordar que entonces dijiste que le preguntarías a uno de los jardineros si sabía algo acerca de ella. ¿Llegaste a hacerlo alguna vez?

Reggie le lanzó una mirada atónita.

—Cielo santo, ¿qué te ha hecho pensar en esa vieja tumba? Ha pasado tanto tiempo desde que la encontramos que me había olvidado totalmente de ella.

—Amy se tropezó con ella anoche y la mencionó. Padre ni siquiera sabe a quién pertenece.

Reggie miró a su prima Amy.

—¿Y qué estabas haciendo anoche en ese claro?

—No me lo preguntes —gruñó Amy.

Y Warren, que obviamente ahora encontraba bastante graciosas sus catástrofes del día anterior una vez que éstas habían quedado atrás, dijo:

—Tuvimos un pequeño problema con el carruaje.

—¡Un pequeño problema! —Amy soltó un resoplido nada propio de una dama—. Os juro que ese carruaje está maldito. ¿A quién dijiste que se lo habías comprado, Warren? Porque no cabe duda de que te estafó.

Su esposo soltó una risita y le palmeó la mano.

—No te preocupes por eso, cariño. Estoy seguro de que los jornaleros a los que envié allí esta mañana para que lo desmantelaran sabrán hacer buen uso de él.

Amy asintió y se volvió nuevamente hacia su primo.

—Anoche tuvimos que cruzar ese claro, a pie. Es sólo que me sorprendió encontrar una tumba allí, tan lejos de las tierras de la familia, aunque todavía dentro de la propiedad.

—Ahora que lo dices, Derek y yo también quedamos muy sorprendidos al tropezar con ella hace tantos años —repuso Reggie con voz pensativa—. Pero no, Derek, me parece que no llegué a hablar de ello con los jardineros. Después de todo, queda demasiado lejos de los jardines. Pensé que quienquiera que cuidase de esa tumba probablemente no viviría en Haverston, así que ir preguntando por ahí no hubiese servido de mucho.

—A menos que uno de los jardineros recibiera instrucciones específicas de ocuparse de ella —observó Anthony—. Cuando yo vivía aquí el viejo John Markus ya era muy mayor y llevaba un montón de años trabajando en Haverston. Si había alguien que pudiera saber algo sobre esa tumba, tenía que ser él. Supongo que ya no estará por aquí, ¿eh, Jason?

Como todos los demás, Molly volvió la cabeza hacia Jason para oír su respuesta y vio la expresión de cariñosa ternura que había en su rostro mientras la miraba. Una ola de rubor le inflamó las mejillas. ¡Lo había hecho! ¡Molly no podía creer que hubiera sido capaz de hacerlo! Y con la mitad de su familia allí para verlo. Pero en realidad no había motivos para alarmarse. La mirada que le había lanzado fue muy breve y nadie había vuelto la cabeza para averiguar a quién se dirigía, pues estaban demasiado interesados en su respuesta, que procedió a dar en aquel momento.

—En Haverston no —replicó—. Se jubiló hará cosa de quince años. Pero según las últimas noticias, aún no ha muerto. Está viviendo con una hija en Havers.

—Pues entonces creo que esta tarde iré allí a presentarle mis respetos al señor Markus —dijo Derek.

—Iré contigo —se ofreció Reggie—. Todavía he de comprar unos cuantos regalos de Navidad, así que pensaba pasar por Havers de todas maneras.

Warren sacudió la cabeza mientras ponía cara de perplejidad.

—No entiendo a qué viene toda esta mórbida curiosidad por una vieja tumba. Está claro que no es de nadie de la familia, ya que de lo contrario los restos estarían enterrados en la cripta familiar.

—Supongo que a ti te parecería lo más normal del mundo que enterrasen a alguien en tu patio trasero, sin que nadie se molestara en decirte quién era o por qué habían escogido tu patio para darle sepultura, ¿verdad? —preguntó Anthony—. Eso es algo que ocurre cada dos por tres en América, ¿eh, yanqui? Me refiero a lo de encontrar tumbas anónimas en tu propiedad, ya sabes...

—Me imagino que se le pidió permiso a alguien y que ese alguien fue informado... en su momento —replicó Warren—. De lo contrario la tumba hubiera sido trasladada a un lugar más adecuado... en aquella época. Y lo que parece evidente es que la tumba tiene más años que cualquiera de vosotros, dado que ninguno tiene idea de cuándo apareció ni de quién está enterrado en ella.

—Bueno, pues eso es lo que más me indigna de todo el asunto —intervino Reggie—. Quienquiera que esté enterrado allí ha sido completamente olvidado, y eso me parece lamentable. Como mínimo, su nombre debería ser añadido a esa lápida de piedra que se limita a enunciar ELLA DESCANSA.

—Me parece que iré a Havers con vosotros —dijo Amy—. Esta tarde iba a ayudar a Molly a bajar el resto de los adornos navideños del desván, pero eso puede esperar hasta la noche.

Molly estaba segura de que de una manera u otra acabaría enterándose de lo que descubrieran en Havers, pero por el momento le daba igual lo que pudieran averiguar. Con las mejillas todavía sonrojadas, salió del comedor sin que nadie se apercibiera. Ya estaba pensando en lo que le diría a Jason aquella noche cuando pudiera estar a solas con él.

Se habían salvado por los pelos. Si sus parientes no hubieran estado tan interesados en el tema de la tumba, al menos uno de ellos se habría dado cuenta de la forma en que la miraba Jason. Y ése habría sido el fin de su secreto.

Pero ¿de qué serviría hablar? No haría que Molly cambiara de parecer acerca de casarse con él, por mucho que deseara que esto fuese posible. Aun así, uno de los dos debía dar ejemplo de sensatez en aquel asunto. Aunque Jason se casara con ella, Molly nunca sería aceptada por la alta sociedad. Sólo conseguiría ser otro escándalo Malory.

3

El viaje a Havers no pudo ser más insatisfactorio. John Markus aún vivía, y había alcanzado la avanzada edad de noventa y seis años. Estaba postrado en su lecho, pero todavía conservaba una mente lúcida para su edad y se acordaba de la tumba.

—Cuidé de esa tumba durante casi sesenta y ocho años —dijo con orgullo al grupo reunido en torno a su cama.

—¡Cielos! —exclamó Reggie—. Eso quiere decir que la tumba ya estaba allí antes de que tú nacieras, tío Jason.

—Cierto, dado que entonces yo sólo contaba trece años —asintió John—. Cuando me jubilé hace quince años, le confié el cuidado de la tumba a mi sobrino. Era la única persona en quien confiaba lo suficiente para estar seguro de que todo se haría como es debido. Espero que no habrá descuidado sus obligaciones.

—No, John, por supuesto que no —le aseguró Jason pese a no tener ni idea de ello, dado que hacía más de treinta años que no visitaba la tumba. Pero no quería que el anciano se preocupara, así que añadió—: Ha estado haciendo un trabajo excelente, de veras.

—Nos complace mucho haber dado con alguien que por fin podrá proporcionarnos información acerca de esa tumba, señor Markus —le dijo Reggie, pasando al tema que había llevado hasta allí a aquella nutrida representación del clan Malory—. Todos ardemos en deseos de saber quién está enterrado allí.

El anciano frunció el entrecejo.

—¿Quieren saber quién está enterrado allí? Bueno, pues la verdad es que no lo sé.

El silencio que siguió a esa respuesta estuvo impregnado de sorpresa y desilusión. Fue Derek quien finalmente lo rompió.

—¿Y entonces por qué cuidó de la tumba durante todos esos años?

—Porque ella me pidió que lo hiciera.

—¿Ella? —preguntó Jason.

—Su abuela, lord Jason. Yo hubiese hecho cualquier cosa por esa buena señora. En Haverston todos la apreciaban mucho. Ah, sí, su abuela siempre fue muy querida por todos... no como su abuelo. Al menos no cuando era joven, desde luego.

Media docena de frentes se fruncieron, pero fue Jason quien tomó la palabra.

—Disculpe, pero me temo que no le he entendido bien —dijo con cierta indignación.

El anciano, que ya era demasiado viejo para sentirse intimidado por la ira de Jason Malory, soltó una risita.

—No he pretendido faltarle al respeto, milord, pero el primer marqués nunca supo hacerse querer, aunque eso era bastante habitual entre los aristócratas de su época. La corona le otorgó Haverston, pero ni la propiedad ni su gente le importaban demasiado. Prefería Londres y sólo iba a la mansión una vez al año para escuchar el informe de su administrador, el cual era un petimetre arrogante que gobernaba Haverston como un tirano cuando el marqués no estaba allí.

—Un testamento bastante duro contra un hombre que no puede defenderse a sí mismo —dijo Jason secamente.

John encogió sus delgados hombros antes de responder:

—Meramente la verdad tal como yo la vi, pero eso fue antes de que el marqués conociera a lady Anna y se casara con ella. Lady Anna le cambió, porque le enseñó a apreciar las pequeñas cosas de la vida y apaciguó su carácter. Haverston pasó de ser una especie de oscura prisión en la que sólo se vivía para trabajar a ser un sitio que su gente se enorgullecía de llamar hogar. Claro que lo de los rumores fue una auténtica lástima...

—¿Rumores? —Reggie frunció el ceño—. Oh, se refiere a lo de que ella era zíngara...

—Sí, a esos rumores me refería. Tenía aspecto de extranjera y hablaba con acento, y como dio la casualidad de que había habido zíngaros por allí justo antes de que ella apareciera, a algunos se les metió esa ridícula idea en la cabeza. Pero el marqués puso fin a todos esos rumores cuando se casó con lady Anna. Después de todo, un noble como él nunca se hubiese casado con alguien que estaba tan por debajo de su rango, ¿verdad?

Jason interceptó la sonrisa de su hijo un instante antes de oírle decir que eso dependería del noble, y se vio obligado a pedirle silencio con la mirada. El resto de la familia no necesitaba saber —todavía— que él también albergaba la esperanza de poder dar preferencia a su corazón.

John sacudió la cabeza.

—Por aquel entonces, esas cosas sencillamente no se hacían, lord Derek. Hoy en día quizá se hagan, pero hace ochenta años un escándalo semejante habría significado la ruina de un hombre.

—Bueno, finalmente todo quedó en rumores

—observó Jason a su vez—, dado que nunca se ha podido demostrar ni una cosa ni otra. Pero los rumores no llegaron a desaparecer del todo, ya que de lo contrario ahora no se sabría nada del asunto. Pero como acaba de decir, hoy en día el que Anna Malory fuera zíngara o de origen español, como pensaba la mayoría, carece de importancia. Sólo ella podría sacarnos de la duda, pero mis abuelos murieron antes de que yo naciera. Siento no haberlos conocido.

—Yo siempre he deseado saber la verdad sobre ella —dijo Amy—. Recuerdo que de pequeña me fascinaba esa posibilidad, y antes de que me preguntéis por qué, recordad que he salido a ella, o eso me han dicho. Quería creer que realmente era una zíngara, y todavía deseo que lo fuera. Al menos, eso explicaría de dónde sacó esos instintos tan sagaces que nunca se equivocaban. Tuvo que ser verdadero amor.

—Demonios, si fue verdadero amor, entonces me alegro de que nuestro antepasado se diera cuenta de ello —intervino Derek—. Algunos hombres tardan años... y años... y...

A Jason no le pasó por alto la sutil indirecta que le estaba lanzando su hijo, pero habló antes de que alguien más pudiera percibirla.

—¿No habías dicho que tenías que hacer unas cuantas compras en Havers, Derek?

Su hijo se limitó a sonreír de nuevo, sin arrepentirse de lo que había dicho.

Jason suspiró para sus adentros. Sabía que Derek sólo le estaba tomando el pelo. En realidad, Derek era el único de la familia que se atrevía a burlarse de él. Y nadie más, estando al corriente de quién era Molly en realidad, habría caído en la cuenta de que se estaba burlando de su padre. Pero naturalmente, Derek sabía que Jason llevaba mucho tiempo intentando convencer a Molly de que accediera a casarse con él.

—Hummm. Me pregunto por qué nunca se me ocurrió hacer eso con Anna Malory —murmuró Amy, volviendo a atraer la atención de todos los presentes.

—¿Hacer qué? —preguntó más de un Malory al unísono.

—Apostar a que descubriríamos la verdad acerca de ella. ¿Alguien quiere aceptar la apuesta antes de que...?

Pero Jason la interrumpió.

—Preferiría que esta especulación terminara aquí.

Amy lo miró con expresión seria.

—En realidad no quieres saber la verdad, ¿eh, tío Jason?

—Yo no diría eso, querida. Es sólo que no quiero ver cómo echas a perder tu impecable historial de apuestas ganadas por algo que no puede salir a la luz. Eso supondría un golpe terrible para ti, ¿verdad?

El suspiro de Amy le bastó como respuesta, pero no consiguió tranquilizarle por completo. Después de todo, Jason era muy consciente de que tenerlo todo en contra nunca le había impedido seguir el dictado de sus instintos en el pasado.

4

Después de cenar, la familia se dispersó por la gran mansión. Molly había desenvuelto con mucho cuidado la mayor parte de la parafernalia navideña del desván a principios de la semana, y fue Molly, que estaba llegando al final de la escalera, quien oyó cómo un caballo lanzado al galope se detenía ante la casa y fue a ver quién venía a visitarlos a una hora tan avanzada. Iba a abrir la puerta cuando ésta se abrió desde fuera y James, el hermano de Jason, casi la tiró al suelo cuando entró a toda prisa huyendo del frío.

Pese a la brusquedad de su entrada, Molly estaba encantada de verlo llegar por fin aunque fuese tan tarde, y se dispuso a darle la bienvenida.

—Feliz Navidad, Ja... —empezó a decir.

Pero James la interrumpió sin darle tiempo a que terminara de hablar.

—Feliz y un cuerno —dijo secamente. Aun así,

se detuvo el tiempo suficiente para dirigirle una breve sonrisa y añadir—: Me alegro de verte, Molly. ¿Dónde está el inútil de mi hermano?

Molly se quedó lo bastante sorprendida para preguntarle de qué hermano se trataba, cuando sabía muy bien que él nunca se referiría a Edward o Jason, a quienes los dos hermanos más jóvenes llamaban los mayores, empleando esos términos. Pero naturalmente, Jason compartía todo lo referente a su familia con ella, y en consecuencia Molly conocía a los Malory tan bien como él.

Por eso la despectiva respuesta de James no hizo que se sintiera más sorprendida de lo que ya lo estaba.

—El niño.

Molly no pudo evitar un gesto extrañado al ver su expresión, que se había convertido en una mueca amenazadora con aquella mención. James Malory era robusto, rubio y apuesto, al igual que sus hermanos mayores, y rara vez se lo veía furioso. Cuando James estaba enfadado con alguien, normalmente destripaba impasiblemente a la persona en cuestión mediante su diabólico ingenio y, gracias a lo inescrutable de su expresión, nada advertía a la víctima de que dardos tan afilados caerían sobre ella.

El niño —o mejor dicho, Anthony—, había oído la voz de James y por desgracia asomó la cabeza por la puerta del vestíbulo para determinar de qué humor venía, cosa que no le costó mucho averiguar teniendo en cuenta la ominosa mirada que recibió. Probablemente, por esa razón la puerta de la sala se cerró de inmediato.

—¡Oh, cielos! —exclamó Molly mientras James iba hacia la puerta hecho una furia.

Con el paso de los años se había acostumbrado a la manera de ser de los Malory, pero a veces todavía la alarmaba.

Lo que tuvo lugar a continuación fue una especie de competición, por así decirlo, con James aplicando su considerable peso a la puerta de la sala y Anthony del otro lado haciendo todo lo posible por evitar que ésta se abriera. Durante un rato, Anthony consiguió salirse con la suya. No era tan corpulento como su hermano, aunque era más alto y tenía buenos músculos. Pero tenía que saber que no podría aguantar indefinidamente, sobre todo cuando James empezó a embestir la puerta con el hombro, lo cual hacía que ésta quedara medio abierta antes de que Anthony consiguiera volver a cerrarla de un portazo.

Pero lo que hizo Anthony para solucionar su dilema arrancó un segundo «Oh, cielos» de Molly.

Cuando James se disponía a descargar su peso sobre la puerta por tercera vez, ésta se abrió ante él y por desgracia James no pudo frenar su irrupción en la estancia. Un gran estrépito siguió a su entrada. Momentos después, James volvía a estar de pie y se sacudía agujas de pino de los hombros.

Reggie y Molly, alarmadas por el barullo, se apresuraron a seguir a James al interior de la sala.

Anthony había cogido en brazos a su hija Jamie, que había estado contemplando el árbol de Navidad con su niñera, y la sostenía delante de él como si fuera un escudo mientras el árbol yacía lamentablemente volcado en el suelo. Anthony sabía que su hermano nunca se arriesgaría a hacer daño a alguno de los niños por ninguna razón, y la treta funcionó.

—Niños escondiéndose detrás de niños, ¿eh? Qué oportuno —se burló James.

—Lo es, ¿verdad? —Anthony sonrió y depositó un beso sobre la coronilla de su hija—. Al menos da resultado.

James, al que la broma no le hacía ninguna gracia, ordenó, o más bien ladró:

—Deja en el suelo a mi sobrina.

—Ni lo sueñes, muchacho... al menos hasta que averigüe por qué quieres matarme.

Rosslynn, la esposa de Anthony, que estaba inclinada sobre una de las gemelas, no se volvió para decir:

—Nada de asesinatos delante de los niños, ¿de acuerdo?

La sonrisa con que Anthony acogió sus palabras le ganó el enarcamiento de una ceja dorada por parte de James. Conociendo a su hermano, eso le advertía de que lo que se avecinaba no iba a ser de su agrado.

Y James no lo hizo esperar, diciendo:

—Pregúntate qué ocurre cuando Jack, sin venir a cuento, suelta un «¡Por todos los malditos infiernos!» delante de su madre. Después pregúntate qué ocurre cuando George le pregunta a su hija dónde ha oído semejante frase. Después imagínate lo que ocurre cuando Jack, que no tiene ni idea de que acaba de dejar horrorizada a su madre, responde con voz cantarina que tío Tony las llevó a Judy y a ella al Hall de Knighton. Finalmente, imagínate a George viniendo en mi busca hecha una furia para preguntarme por qué permití que llevaras a nuestras hijas a ese establecimiento estrictamente masculino en el que la sangre corre a raudales por el cuadrilátero, donde los espectadores sueltan los más horribles juramentos imaginables cuando su púgil acaba tirado en la lona, y donde se habla con toda libertad de ciertos asuntos sobre los que las niñas de seis años nunca deberían oír hablar. Y luego imagínate a George no creyéndome cuando le digo que yo no sabía que pudieras ser tan condenadamente irresponsable. Me consideró responsable de haber permitido que las llevaras allí. ¡Y dado que yo ni siquiera sabía que fueras a hacerlo, adivina a quién considero responsable de todo lo ocurrido!

Después de aquella larga diatriba incluso Reggie respiró hondo. Al principio, Anthony había parecido bastante perplejo, pero ahora se lo veía francamente incómodo, especialmente cuando su esposa volvió hacia él sus ojos color avellana salpicados de motitas doradas, con su temperamento escocés obviamente a punto de hacer erupción.

—Hombre de Dios, no puedo creer lo que acabo de oír. ¿Hiciste eso? ¿Realmente fuiste capaz de llevar a Judy y Jack nada menos que al Hall de Knighton? ¿Es que no sabías el daño que eso podía hacerles a unas niñitas tan impresionables?

Anthony torció el gesto y trató de explicarse.

—No fue así, Ros, de veras que no fue así. Yo estaba llevando a las niñas al parque. Pasé por Knighton con la idea de entrar un momento para hablar con Amherst. Tú me habías pedido que los invitara a cenar a él y a Frances, y yo sabía que a esa hora del día él estaría en el Hall de Knighton. ¿Cómo iba a imaginarme que las chicas saldrían corriendo del carruaje y me seguirían al interior del local?

—¿Cuando todo el mundo sabe que esas dos ricuras siempre se están metiendo donde no deben?

—repuso ella secamente, y después se volvió hacia Reggie—: Ocúpate del otro par —le dijo mientras se llevaba a las gemelas—. Dejaremos que James siga adelante con su asesinato.

Reggie intentó ocultar su sonrisa mientras cogía a Jamie de los brazos de Anthony y tomaba a la otra pequeña de la mano, después de lo cual siguió a Rosslynn fuera de la estancia. Todo se llevó a cabo en cuestión de momentos, ya que las mujeres siempre eran muy eficientes con los niños.

James se apoyó en la puerta después de que ésta se hubiera cerrado, cruzó los brazos sobre su descomunal pecho y miró a su atónito hermano.

—¿Qué se siente, viejo amigo? —preguntó—. Por lo menos cuando salió corriendo de aquí, tu esposa aún te hablaba, mientras que George lleva una semana sin dirigirme la palabra.

—Oh, demonios —gruñó Anthony—. Deja de culparme, ¿quieres? Ya oíste lo que dije. Después de todo no es como si hubiera llevado de forma deliberada a las niñas a Knighton. A ti podría haberte pasado lo mismo, ya sabes.

—Permíteme discrepar —replicó James lacónicamente—. No soy tan condenadamente estúpido.

Anthony enrojeció de ira, pero fue el hecho de que se sintiera un poco culpable lo que le obligó a replicar de la manera en que lo hizo.

—Eso me ha gustado. Así que quieres darme una lección, ¿eh? Y no estarás contento hasta que lo hayas hecho, ¿verdad? Bueno, pues aquí me tienes: sírvete.

—Será un placer.

5

Los problemas con la servidumbre suscitados por la presencia de tantos invitados en la mansión dejaron agotada a Molly, la cual se enorgullecía de que todo fuese sobre ruedas. Por eso, aunque quería plantearle sus sospechas a Jason, aquella noche se quedó dormida mientras esperaba que él acudiera a su habitación.

Jason fue a su habitación, tal como tenía por costumbre, y seguía allí, en su cama, cuando Molly despertó a la mañana siguiente. De hecho, fue su mano acariciándole suavemente los pechos y sus labios sobre su cuello los que la despertaron. Y aunque se acordó casi de inmediato de que estaba enfadada con él, optó con egoísmo por guardarse el enfado de momento y se volvió hacia él para que Jason pudiera acceder con más facilidad a las partes de su cuerpo por las que estaba mostrando tanto interés.

Molly suspiró y lo rodeó con los brazos. ¡Quería tanto a aquel hombre! Incluso después de más de treinta años, sus caricias aún la excitaban tremendamente y sus besos eran capaces de inflamar la pasión con tanta facilidad como cuando eran jóvenes. Y Molly sabía que ella tenía el mismo efecto sobre él.

No tardaron mucho en comenzar a besarse ardientemente, y Molly supo adónde conduciría eso, como en efecto ocurrió. Pero estaba preparada para acogerle. Siempre lo estaba. Molly suponía que ésa era una de las consecuencias más deliciosas de amar a alguien al tiempo que lo deseabas. Y Jason siempre aplicaba una gran diligencia a todas sus empresas. Le hizo el amor con generosidad y de una manera inmensamente satisfactoria, como se lo hacía siempre.

—Buenos días —dijo él, recostándose en la almohada para sonreírle en cuanto los dos hubieron recuperado la compostura.

Un día podía echarse a perder con mucha facilidad, pero Jason siempre sabía cómo hacer que empezase «con buen pie». Molly le devolvió la sonrisa y después lo estrechó aún más apasionadamente entre sus brazos antes de soltarlo, quizá porque sabía que iba a reñirle antes de que se separaran y quería suavizar el golpe.

Aparte de su hijo, el resto de su familia veía en él una figura adusta e impresionante que podía llegar a inspirar incluso temor. Después de todo, Jason estaba al frente de la familia Malory y había tenido que cargar con la responsabilidad de educar a los más jóvenes cuando él mismo era aún joven. Pero Molly conocía sus otras facetas, su encanto, ternura y sentido del humor. Jason se había acostumbrado a ocultarlas delante de los demás debido a su posición, pero no con ella, nunca con ella, salvo, naturalmente, cuando no estaban a solas.

Eso era lo que tanto le frustraba, pero Molly no veía manera de eliminar aquel obstáculo. Jason quería tratarla en todo momento tal como la trataba cuando estaban solos, mas para hacerlo tenía que casarse con ella, y Molly no se lo permitiría. Y la insistencia de él en que se casaran y la continuada negativa de ella estaban empezando a afectar a su relación. Uno de ellos tendría que ceder y, en lo que a Molly concernía, no iba a ser ella.

Molly ya casi había acabado de vestirse antes de abrir la boca para agriarle la mañana, pero había que hacerlo.

—¿Tendré que esconderme de ti durante el día mientras tu familia esté aquí, Jason?

Él se incorporó en la cama, desde la que había estado contemplándola lánguidamente mientras Molly se ocupaba con sus arreglos matinales.

—¿A qué viene esa pregunta?

—¿Ya no te acuerdas de cómo me mirabas anoche en el comedor, sin que pareciese importarte que cualquiera de los presentes pudiera notarlo? Y además no es la primera vez. ¿En qué estabas pensando para olvidar de semejante manera que sólo soy tu ama de llaves?

—¿En el hecho de que eres algo más que mi ama de llaves, quizá? —replicó él, pero después suspiró y admitió su falta—. Creo que es por la época del año en que nos encontramos, Molly. No puedo evitar acordarme de que fue en Navidad cuando Derek por fin consiguió convencer a Kelsey de que se casara con él, y sus razones eran las mismas que las tuyas.

A ella le sorprendió oírle decir que fueran las fiestas navideñas las que le hacían pensar en aquel asunto, y se apresuró a protestar.

—Pero hay una gran diferencia y tú lo sabes. Santo Dios, Jason, ella desciende de un duque. Con una familia tan ilustre como la suya, cualquiera puede ser perdonado. Y además el escándalo que ella tanto temía fue debidamente evitado. En tu caso, el escándalo sería inevitable.

—¿Cuántas veces he de repetirte que me da igual? Quiero que seas mi esposa, Molly. Hace años obtuve una licencia de matrimonio especial para casarme contigo. Lo único que has de hacer es decir que sí, y podríamos casarnos hoy mismo.

—Oh, Jason, me vas a hacer llorar —dijo ella con tristeza—. Ya sabes que nada me gustaría más. Pero uno de nosotros tiene que pensar en las consecuencias y, dado que tú no quieres hacerlo, tendré que ser yo quien piense en ellas. Y permitir que tu familia se entere, que es lo que pareces estar tratando de conseguir comportándote como lo has estado haciendo últimamente, no cambiará nada: lo único que lograrías con eso sería colocarme en una situación tan humillante como vergonzosa. En esta casa se me tiene un cierto respeto. Si llega a saberse que soy tu amante, lo perderé.

Entonces él fue hacia ella, completamente desnudo como aún estaba, para tomarla entre sus brazos. Molly le oyó suspirar antes de que dijera:

—Deberías pensar con el corazón.

—Y tú deberías pensar con la cabeza, cosa que últimamente no haces —replicó.

Él se echó hacia atrás para sonreírle melancólicamente.

—Bueno, al menos en eso podemos estar de acuerdo.

La mano de ella subió hacia su mejilla para acariciársela.

—Olvídalo, Jason, porque eso nunca podrá ser. Siento haber nacido en una familia humilde. Siento que la gente de tu clase nunca vaya a aceptar que pase a formar parte de ella, tanto si te casas conmigo como si no lo haces. No puedo cambiar nada de eso. Sólo puedo seguir amándote y tratar de hacerte feliz de la mejor manera que pueda. Tendrás que olvidarlo.

—Ya sabes que nunca lo aceptaré —fue su tozuda y ciertamente esperable réplica.

Esta vez fue ella la que suspiró.

—Lo sé.

—Pero haré el esfuerzo que me pides y trataré de ignorarte durante el día... por lo menos cuando mi familia esté cerca.

Molly casi se echó a reír. Últimamente costaba demasiado convencer a Jason de que diera su brazo a torcer, al menos en lo referente a aquel tema. Molly supuso que tendría que conformarse con aquello... por el momento.

6

Cuando James entró en el comedor aquella mañana para desayunar, su aparición provocó reacciones muy variadas. Los que no sabían que había llegado iniciaron alegres saludos que murieron entre balbuceos y toses en cuanto vieron la expresión que había en su cara. Quienes estaban al corriente de su llegada y de lo que había ocurrido posteriormente, optaron por el tacto y guardaron silencio, sonriendo de oreja a oreja, o cometieron la temeridad de hacer alguna observación al respecto.

Jeremy quedó incluido de forma simultánea en estas dos categorías cuando soltó una risita y dijo:

—Bueno, aun teniendo en cuenta tus enérgicos esfuerzos por bajarle los humos, estoy seguro de que no es el pobre árbol de Navidad quien te ha hecho eso.

—Y si no recuerdo mal, lo cierto es que conseguí

darle una buena lección —gruñó James, aunque se le ocurrió preguntar—: ¿Se recuperará de sus heridas, pequeño?

—Sólo perdió unas cuantas plumas, pero esas preciosas velitas lo dejarán tan engalanado que nadie lo notará... con tal de que alguien que no sea yo se encargue de acabar de repartirlas. Siempre se me ha dado mejor colgar el muérdago.

—Y hacer buen uso de él —observó Amy, dirigiendo una cariñosa sonrisa a su apuesto primo.

Jeremy le guiñó un ojo.

—Por descontado.

Jeremy había cumplido los veinticinco no hacía mucho, y había resultado ser un bribonzuelo encantador. Irónicamente, se parecía tanto a su tío Anthony que se le habría podido tomar por el reflejo de Anthony durante su juventud. Pero en vez de salir a su padre, Jeremy había obtenido los ojos azul cobalto y el cabello negro que sólo habían poseído unos cuantos Malory, aquellos que heredaron los rasgos de esa antepasada que se rumoreaba había sido zíngara.

La mención del muérdago y el uso por el que era más conocido volvió a poner de mal humor a James, porque sabía que aquel año no podría dar ningún beso bajo el verde adorno navideño, después de que su esposa se negase a ir a Haverston con él porque tenía un enfado propio que digerir. Maldición. De una manera u otra, James aclararía el malentendido que había surgido entre ellos. Desahogar su frustración en Anthony no había servido de nada... aunque pensándolo bien, quizá sí que hubiera servido de algo.

Warren, sin apartar la mirada del espléndido ojo morado y los distintos rasguños esparcidos por el rostro de James, observó:

—No quiero ni pensar en qué aspecto tendrá la otra parte.

James supuso que eso era una especie de cumplido, dado que Warren había tenido numerosas ocasiones de experimentar en carne propia la potencia de sus puños.

—Pues a mí me gustaría felicitar a la otra parte —dijo Nicholas con una sonrisita, gracias a lo cual consiguió que su esposa le diera una patada por debajo de la mesa.

—Gracias, querida —dijo James, inclinando la cabeza hacia ella—. Mi pie nunca habría podido llegar tan lejos.

Reggie se ruborizó al ver que su patada no había pasado desapercibida. Y Nicholas se las arregló para mirarla con ironía al tiempo que mantenía su mueca de dolor, con lo que adquirió un aspecto francamente cómico, dado que una expresión no casaba nada bien con la otra.

—¿Sigue tío Tony entre los vivos? —preguntó Amy, probablemente porque la noche anterior ni James ni su hermano habían vuelto a hacer acto de presencia en la planta baja.

—Dame unos cuantos días para determinarlo, gatita, porque te aseguro que en estos momentos no lo tengo nada claro —dijo Anthony mientras entraba en el comedor, andando muy despacio y con un brazo pegado al costado como si estuviera protegiéndose unas cuantas costillas rotas.

Un gemido melodramático escapó de sus labios cuando se sentó enfrente de su hermano. James puso los ojos en blanco al oírlo.

—No insistas, idiota —se burló—. Tu esposa no está aquí para presenciar tu gran interpretación.

—¿No está aquí? —Anthony recorrió la mesa con la mirada y después torció el gesto y se repantigó en su asiento, esta vez sin ningún acompañamiento de gemidos. Aun así, se quejó a James—: Me rompiste las costillas, ¿sabes?

—Y un cuerno, aunque admito que pensé en ello. Y dicho sea de paso, aún no he descartado esa opción.

Anthony lo fulminó con la mirada.

—Somos demasiado viejos para andar dándonos palizas el uno al otro.

—Habla por ti, abuelito. Nunca se es demasiado viejo para hacer un poco de ejercicio.

—Ah, con que eso fue lo que estuvimos haciendo —masculló Anthony mientras se acariciaba su ojo a la funerala—. Hacíamos ejercicio, ¿verdad?

James enarcó una ceja.

—¿Y no es eso lo que haces una vez a la semana en el Hall de Knighton? Pero comprendo que no lo tengas muy claro, dado que estás más acostumbrado a infligir los daños que a padecerlos. Eso tiende a deformar tu perspectiva de las cosas, ¿verdad? Me alegro de haber podido aclarártelo.

Fue en ese momento cuando Jason entró en el comedor, echó una mirada a los maltrechos rostros de sus dos hermanos y observó:

—Santo Dios, ¿y en esta época del año, nada menos? Os veré a los dos en mi estudio.

El hecho de que Jason hubiera empleado ese tono que-no-debía-ser-desobedecido por el que había llegado a ser famoso y que abandonara el comedor después de haber hablado, dejó muy claro, al menos a ojos de James y Anthony, que debían seguirle de inmediato. James se levantó con el rostro inexpresivo y rodeó la mesa.

Anthony, sin embargo, soltó un resoplido de irritación.

—¿Castigados de cara a la pared a nuestros años? No puedo creerlo. Y no olvidaré quién ha sido el causante de...

—Oh, cállate de una vez, pequeño —dijo James, cogiéndolo del brazo y obligándolo a salir del comedor con él—. Llevo tanto tiempo sin tener el placer de asistir a una de las rabietas de Jason que echaba de menos el espectáculo.

—No me extraña —replicó Anthony, visiblemente disgustado—. Siempre disfrutabas haciéndolo rabiar.

James sonrió sin dar ninguna señal de arrepentimiento.

—Sí, ¿verdad? Bueno, ¿qué puedo decir? Cuando pierde los estribos, el hermano mayor siempre resulta muy gracioso.

—Bien, en ese caso asegurémonos de que encuentre los estribos perdidos en tu bolsillo y no en el mío —repuso Anthony y, abriendo la puerta de estudio de Jason, enseguida empezó a atribuir las responsabilidades a la persona que debía cargar con ellas—. Verás, Jason, anoche intenté calmar a esta montaña humana, de veras, pero no hubo manera. Me culpa de...

—¿Montaña humana? —le interrumpió James, con una dorada ceja bruscamente enarcada.

—... de que George no le hable —siguió diciendo Anthony sin inmutarse—. Y además ha conseguido que los dos estemos en el mismo maldito barco, porque desde anoche Rosslynn no me dirige la palabra.

—¿Montaña humana? —repitió James.

Anthony le miró y sonrió burlonamente.

—Das la talla, créeme.

Jason, que estaba de pie detrás de su escritorio, hizo callar a los dos con una orden seca.

—¡Basta! Y ahora, tened la bondad de ponerme al corriente de los porqués y las circunstancias.

James sonrió.

—Hazlo, Tony —dijo—, porque la verdad es que te has saltado la mejor parte.

Anthony suspiró y miró a su hermano mayor.

—Fue un caso de auténtica mala suerte, Jason, de veras —dijo—, y la verdad es que habría podido pasarle a cualquiera de nosotros. Jack y Judy se las ingeniaron para entrar en el Hall de Knighton cuando yo estaba distraído y, sólo porque tenía que cuidar de ellas durante ese día, ahora se me culpa de todo lo ocurrido por la sencilla razón de que las pobrecitas aprendieron un par de frases que no deberían figurar en el vocabulario de ninguna joven.

—Tu exposición de los hechos no se ajusta a la verdad —intervino James—. Se te ha olvidado mencionar que George no te culpa de nada porque me culpa a mí, como si yo pudiera haber sabido que eras lo bastante insensato para llevar a las niñas a semejante...

—Yo arreglaré las cosas con George en cuanto

llegue aquí —farfulló Anthony—. Puedes contar con ello.

—Oh, sé que lo harás, pero para ello tendrás que ir a Londres, porque George no va a venir aquí. No quería aguaros la fiesta con su mal humor, así que decidió que sería mejor no estar presente en ella.

Anthony puso cara de horror.

—¡No me habías dicho que estuviera tan furiosa! —se quejó.

—¿No? ¿Crees que luces ese ojo a la funerala sólo porque George estaba un poquitín enfadada?

—Es suficiente —dijo Jason con severidad—. Toda esta situación es intolerable. Y, francamente, me asombra que desde que os casasteis hayáis podido perder hasta tal extremo vuestra habilidad para manejar a las mujeres.

Aquella observación era un auténtico golpe bajo, sobre todo cuando iba dirigida a dos ex calaveras.

—Oh, bueno —masculló James, y se apresuró a defenderse—. Las mujeres americanas constituyen una excepción a cualquier regla conocida, y además son condenadamente tozudas.

—Y las escocesas también —añadió Anthony—. No se comportan como las inglesas normales, Jason, de veras.

—Aun así, sigo sin entenderlo. Ya sabéis lo importante que es para mí que toda la familia se reúna aquí durante las fiestas. La Navidad no es momento para que nadie de la familia albergue absolutamente ninguna clase de rencor hacia nadie. Tendríais que haber aclarado este asunto entre vosotros antes de que empezaran las fiestas. Quiero que pongáis fin a este malentendido de inmediato y me da igual que tengáis que volver a Londres para ello.

Tras haber decretado la paz, Jason fue hacia la puerta para que sus hermanos pudieran pasar revista a sus pecados a solas, pero antes de salir añadió:

—Parecéis una condenada pareja de osos panda. ¿Tenéis idea del ejemplo que les estáis dando a los niños?

—Osos panda, ¿eh? —resopló Anthony apenas la puerta del estudio se hubo cerrado.

—Podría haber sido peor: al menos el techo sigue intacto —murmuró burlonamente James mientras miraba hacia arriba.

7

Aunque había prometido no venir, la esposa de James apareció con los niños a última hora de la mañana siguiente. Georgina también se había traído consigo a sus hermanos, para gran consternación de James, quien nunca se había llevado muy bien con sus numerosos cuñados americanos y no había sido advertido de que aquel año pasarían las fiestas en Inglaterra.

Aunque estaba muy contenta de que su mejor amiga hubiera llegado al fin, Judy la recibió con un «Ya era hora» despótico, cogiendo de la mano a Jack apenas ésta hubo cruzado el umbral de la puerta y llevándola a la sala para que viese «el regalo», como ya era conocido por todos a esas alturas. Las dos niñas pasaron la mayor parte del resto del día con los dedos pegados al velador, que era casi tan alto como ellas, mientras intercambiaban murmullos centrados en el misterioso objeto.

Su ávido interés, no obstante, consiguió que el regalo acaparase de nuevo la atención de los adultos de la casa, que no podían evitar fijarse en aquel par de niñas que parecían estar montando guardia junto a él. Cosa extraña, la curiosidad. A veces, un exceso de ella puede llegar a volverse sencillamente incontenible...

Pero una vez en el pasillo —y tras limitarse a dirigir una seca inclinación de cabeza a los hermanos de Georgina, a pesar de que el resto de su familia convergió sobre ellos para darles la bienvenida—, James siguió a su esposa al piso de arriba para ir a la habitación que siempre habían compartido en Haverston, mientras la niñera llevaba a los gemelos al cuarto de los niños. Georgina aún no le había dirigido la palabra, lo cual no invitaba a albergar muchas esperanzas de que ya no estuviera enfadada con él por mucho que hubiese hecho acto de presencia.

—Dijiste que no ibas a venir, George —dijo él, decidiendo recordárselo—. ¿Qué te ha hecho cambiar de parecer?

La respuesta tardó un poco en llegar, pues un criado los había seguido al interior de la habitación con uno de sus baúles. James, oyendo venir a otro criado por el pasillo, se apresuró a cerrar la puerta y se apoyó en ella.

James contempló a su esposa, cosa que no resultaba nada difícil de hacer. Con sus cabellos castaños y sus ojos del mismo color, Georgina era muy hermosa. No era muy alta, pero tenía una figura magnífica; haber dado a luz una hija y un par de gemelos incluso había realzado su porte.

Los inicios de su relación habían sido bastante inusitados, y no pudieron estar más alejados del noviazgo habitual. Georgina quería volver a su hogar en América, por lo que se enroló en el barco de James como mozo de camarote. James, naturalmente, sabía que Georgina no era el muchacho que fingía ser y vivió unas semanas espléndidas, aunque en ocasiones frustrantes, tratando de seducirla. No esperaba enamorarse y sin embargo, y para gran asombro de aquel conquistador empedernido, el amor llegó por sí solo. Pero James había jurado que nunca se casaría, con lo que tuvo que enfrentarse al dilema de encontrar una manera de que Georgina fuera suya permanentemente sin necesidad de llegar a pedirle que se casara con él.

Sus hermanos le resolvieron ese problema a su entera satisfacción. Con cierta sutil provocación previa por parte de James, le obligaron a ir al altar, cosa que siempre les agradecería por mucho que estuviera dispuesto a dejarse ahorcar antes que admitirlo ante ellos.

Sólo tras haber atado unos cuantos cabos sueltos, como por ejemplo el de conseguir que ella admitiera que también le amaba, habían disfrutado de un matrimonio maravilloso. Georgina podía enfurecerse de vez en cuando: con su apasionado temperamento americano, nunca tenía que esforzarse demasiado para expresar su disgusto. Pero James, a su vez, nunca había tenido que esforzarse demasiado para disipar sus enfados.

Ésa era la razón por la que no entendía su pelea actual ni por qué se prolongaba durante tanto tiempo. Cuando partió hacia Haverston, su esposa seguía sin dirigirle la palabra, y además tampoco dormía con él. ¿Y todo porque su hija había aprendido unas cuantas frases subidas de tono más adecuadas para los adultos del sexo masculino?

Ésa había sido la excusa de su esposa, pero James había dispuesto del tiempo suficiente para preguntarse si realmente era eso lo que la había puesto tan furiosa. Perder los estribos por tonterías no era propio de Georgina. Y culparle del vocabulario de Jacqueline cuando él ni siquiera era responsable de ello...

—¿Y bien? —insistió al ver que seguía sin decir nada.

Esta vez su pregunta obtuvo respuesta, si bien con cierta sequedad.

—Thomas me convenció de que quizá no hubiese para tanto con lo de Jack.

James dejó escapar un suspiro de alivio.

—El único hermano sensato que tienes —dijo—. He de acordarme de agradecérselo.

—No te molestes. Todavía estoy enfadada y tú eres la razón de que lo esté, y preferiría no hablar del asunto por el momento, James. Si estoy aquí es por las niñas: Jack sabía que Judy estaba aquí y que no podría estar con ella, y parecía un alma en pena.

—¡Oh, demonios! ¿Aún no he sido perdonado?

La respuesta de su esposa consistió en darse la vuelta y seguir deshaciendo el equipaje, y James ya conocía aquella expresión de terquedad. Fuera cual fuere la causa de su enfado, Georgina no iba a discutir el asunto con él. Ahora James estaba seguro de que no tenía nada que ver con su hija. Pero que le colgaran si sabía qué podía ser aquello de lo que tan obviamente estaba siendo culpado, cuando no había hecho absolutamente nada por lo que se le pudiera culpar.

Y entonces se dio cuenta de que su esposa tenía los hombros encorvados, lo que a sus ojos era una clara indicación de que aquella nueva distancia aparecida entre ellos le gustaba tan poco como a él. Y no podía gustarle, por supuesto. Él sabía que Georgina le amaba.

James dio un paso hacia ella, pero cometió el error de murmurar su nombre al tiempo que lo hacía.

—George... —Su esposa volvió a envararse, su momento de desesperación esfumado y su veta de terquedad de nuevo al mando. James soltó un torrente de maldiciones, sin que por suerte hubiera ningún oído infantil presente para escucharlas, pero por desgracia éstas no sirvieron para que Georgina volviera a hablarle.

8

Edward, el segundo de los cuatro hermanos Malory, llegó a última hora de la tarde con el resto de su familia. Reggie estaba «poniéndolo al día» acerca de lo que habían averiguado sobre la misteriosa tumba de la propiedad cuando Amy tuvo la corazonada de que el regalo no era un simple regalo. De pronto presintió que era algo mucho más importante que un mero obsequio, y que estaba relacionado de alguna manera con el misterio que siempre había rodeado a Anna Malory.

Y una vez que hubo echado raíces, la sensación se negó a desaparecer. Era tan intensa que Amy tomó la decisión de abrir el regalo aquella misma noche. Lo único que aún no tenía claro era si esperaría a que Warren se hubiera quedado dormido, o si le confiaría su plan. El hecho de que su esposo no diera ninguna señal de cansancio, ni siquiera después de una intensa sesión amatoria, se encargó de decidir por ella.

Aún rodeada por sus brazos y mientras sus manos la acariciaban distraídamente, Amy acercó los labios a la oreja de su esposo y murmuró:

—Esta noche iré abajo y abriré el regalo.

—Por supuesto que no —replicó él sin inmutarse—. Disfrutarás del suspense y esperarás hasta Navidad como el resto de nosotros para averiguar qué es.

—Ojalá pudiera hacerlo, Warren, de veras, pero sé que me volvería loca, especialmente porque he apostado con Jeremy a que averiguaríamos la verdad sobre nuestra bisabuela antes de fin de año.

—¿Después de que Jason lo prohibiera expresamente?

—No lo prohibió, y además ahora ya es demasiado tarde para volverse atrás.

Warren se incorporó en la cama y la miró.

—¿Y qué tiene que ver eso con ese regalo?

—Tengo el presentimiento de que en esa caja se encuentra la respuesta. Mis presentimientos rara vez se equivocan, Warren. Y sabiendo eso, ¿cómo voy a poder esperar hasta Navidad para averiguar qué contiene esa caja?

Su esposo sacudió la cabeza y cuando volvió a hablar había tal desaprobación en su tono que le recordó al Warren de antes, el que nunca reía o sonreía.

—Esa conducta no me sorprendería en los niños, pero no la esperaba de su madre.

Amy chasqueó la lengua sin dejarse amilanar por su tono.

—¿No sientes ni siquiera un poquito de curiosidad?

—Ciertamente, pero puedo esperar a que...

—Pero es que yo no puedo esperar —le interrumpió ella—. Baja conmigo, Warren. Tendré mucho cuidado. Y si no es más que un simple regalo, si bien bastante misterioso, después volveré a dejarlo tan bien envuelto que nadie sabrá que lo hemos abierto.

—¿Hablas en serio? —repuso él—. ¿En realidad piensas bajar a hurtadillas por la escalera en plena noche como si fueras una colegiala traviesa y...?

—No, no. Iremos abajo como dos adultos sensatos y razonables que han decidido recurrir al método más lógico para aclarar un misterio que ha durado demasiado tiempo.

Warren soltó una risita, ya que estaba acostumbrado a la extraña forma de razonar de su esposa y a que ignorara todos sus intentos de tratarla con severidad. Pero ésa era la magia de Amy, naturalmente. Warren nunca había conocido a una mujer así.

—Muy bien —dijo, dándose por vencido con una sonrisa—. Pues entonces coge los batines y algo de calzado. Supongo que a estas horas ya habrán puesto la pantalla en la chimenea de la sala, así que quizás haga un poco de frío.

Poco después estaban de pie junto al regalo, Warren con mera curiosidad y Amy teniendo que hacer un gran esfuerzo de voluntad para reprimir su excitación, dado lo que esperaba encontrar debajo de la preciosa tela que lo envolvía. En la sala no hacía nada de frío, ya que las puertas habían estado cerradas, pero justo después de que Warren encendiera algunas lámparas volvieron a abrirse, dándole un buen susto a Amy, que estaba extendiendo las manos hacia el regalo, y cuando entró en la estancia Jeremy dijo:

—Pillada con las manos en la masa, ¿eh? Qué vergüenza, Amy.

Ella, visiblemente incómoda pese al hecho de que Jeremy no sólo era su primo sino también uno de sus más íntimos amigos, optó por hacerse la ofendida.

—¿Tendrías la bondad de explicarme qué estás haciendo aquí abajo a estas horas? —preguntó

—Supongo que lo mismo que tú —se limitó a responder él, guiñándole un ojo.

Amy rio.

—Ah, bribonzuelo. Bueno, ya que estás ahí podrías cerrar la puerta.

Jeremy se dispuso a hacerlo, pero en vez de cerrarla tuvo que apartarse cuando Reggie entró en la sala, descalza y aún absorta en el proceso de anudarse el cinturón del batín. Cuando vio que todos los demás la contemplaban en silencio, reaccionó con indignación.

—Os juro que no he bajado aquí para abrir el regalo... Bueno, puede que sí lo haya hecho, pero en el último momento me hubiese faltado el valor y habría salido huyendo.

—¿Y esperas que me lo crea, Reggie? —dijo Derek, apareciendo detrás de ella—. Aun así, no ha estado mal. ¿Te importa que tome prestada esa ridícula excusa? Siempre es mejor que no tener ninguna.

Y Kelsey, que venía pisándole los talones, dijo:

—Me asombras, Derek. Dijiste que podríamos considerarnos afortunados si éramos los primeros en abrirlo, y ya veo que has dado justo en el clavo.

—No tiene mucho mérito, querida —dijo él, volviéndose hacia su esposa con una sonrisa en los labios—. Da la casualidad de que conozco muy bien a mis primos.

Y así era, porque los siguientes en llegar fueron los hermanos de Amy, Travis y Marshall, que traspusieron el umbral de forma simultánea, empujándose el uno al otro. Debido a ello tardaron unos momentos en percatarse de que no estaban solos.

Pero una mirada a la multitud ya presente en la sala hizo que Travis se volviera hacia su hermano mayor para gruñir:

—Ya te dije que no era una buena idea.

—Todo lo contrario —replicó Marshall jovialmente—, porque al parecer no hemos sido los únicos en tenerla.

—¡Madre de Dios, no me digas que toda la familia ha tenido la misma idea! —exclamó Jeremy con una risita.

—No lo creo —repuso Amy—. Tío Jason y mi padre no están aquí, ¿verdad? Y tampoco veo a Tony y al tío James. No es que ese par no piensen exactamente lo mismo, es sólo que no piensan como el resto de nosotros.

Pero la tos que resonó en el pasillo hizo que Amy pusiera los ojos en blanco primero y sonriera después en cuanto oyó que Anthony decía:

—Vaya, vaya... ¿Por qué tengo la extraña sensación de que los jovencitos piensan que somos demasiado mayores para estar levantados a estas horas de la noche?

—¿Ya empezamos otra vez con lo de los años, muchachito? —masculló James—. Puede que tú ya estés senil, pero te hago saber que yo estoy en la flor de la vida.

—El que yo llegara a la senectud antes que tú supondría toda una hazaña por mi parte, abuelito, teniendo en cuenta que tú eres el mayor —ironizó Anthony.

—Por un miserable año de nada —se le oyó replicar a James antes de que los dos entraran en la sala.

A diferencia de sus sobrinos y sobrinas, que llevaban albornoces o batines, James y Anthony aún estaban vestidos, dado que ninguno de los dos se había acostado todavía. De hecho, habían estado compadeciéndose de sí mismos delante de una botella de coñac en el estudio de Jason, dado que ambos habían encontrado las puertas de sus dormitorios cerradas, y oyeron demasiados crujidos en la escalera como para no ir a investigar.

Pero no esperaban encontrarse con semejante gentío, y Anthony no pudo resistir la tentación de observar:

—¡Vaya, vaya! Me pregunto qué puede haber atraído a tantos niños a esta sala en plena noche. Jack y Judy no se estarán escondiendo detrás de vosotros, ¿verdad? ¿No tienes la impresión de que estos jovencitos piensan que ya es Navidad, James?

James ya había deducido qué era lo que estaba causando tantas caras rojas y dijo:

—Santo Dios, Tony, mira eso. ¡Que me cuelguen, pero si incluso el yanqui se está ruborizando!

Warren suspiró y bajó la mirada hacia su esposa.

—¿Ves lo que has conseguido con tu insensata ocurrencia, cariño? Ahora ese par nunca dejará de recordarme que una noche hice el ridículo delante de todos.

—Oh, no lo creas —replicó Anthony con una sonrisa maliciosa—. Puede que dentro de diez o veinte años se nos haya olvidado.

—Si tengo razón acerca de lo que contiene el regalo, entonces a nadie le parecerá ridículo que hayamos bajado a la sala a estas horas de la noche —dijo Amy.

—¿Qué hay ahí dentro? —preguntó Marshall mirando a su hermana—. ¿Quieres decir que has adivinado lo que contiene? ¿No has venido aquí sólo por curiosidad?

—Hice una apuesta con Jeremy —explicó Amy, como si eso bastara.

En realidad así era, pero Reggie se encargó de recordarle a Amy lo que ésta había optado por callar.

—¿Incluso después de que tío Jason lo prohibiera? Jeremy parpadeó.

—¡Madre de Dios, querida prima! No me digas que se suponía que no debería haber aceptado tu apuesta.

—Por supuesto que no te lo diré, ya que en ese caso no hubieses debido aceptarla —replicó Amy con una lógica impecable.

Y Warren añadió:

—No intentes entenderlo, Jeremy. Cuando Amy tiene una de sus «corazonadas», es capaz de dar significados totalmente nuevos a la palabra «determinación».

—Más que de corazonadas yo hablaría de terquedad pura y simple, pero dado que eres su esposo, supongo que ahora la conoces mejor que yo.

—Oh, vaya —murmuró Amy lanzándoles una mirada de disgusto—. Los dos tenéis mi permiso para tragaros vuestras palabras, dado que voy a demostrar que estoy en lo cierto.

—¿Crees que el regalo contiene algo relacionado con nuestra bisabuela? —preguntó Reggie.

—Así es —replicó Amy con creciente excitación—. Cuando lo vi por primera vez, presentí que era importante. Pero hoy he tenido la corazonada de que estaba relacionado con mi apuesta, así que debe tener algo que ver con Anna Malory.

—Basta de charla, niños, o pasaremos toda la noche aquí abajo —dijo James—. Abramos esa maldita cosa y terminemos de una vez.

Amy sonrió a su tío e hizo exactamente eso. Pero nadie se esperaba que una vez quitado el envoltorio, el regalo se obstinaría en seguir siendo de tan difícil acceso como antes... porque se hallaba protegido por un candado.

9

El silencio que se adueñó de la sala mientras todos contemplaban con expresión perpleja el candado que remataba el regalo acabó siendo roto por James, quien habló en uno de los tonos más secos que era capaz de emplear.

—Y supongo que nadie debe de tener la llave, claro —dijo.

Fuera cual fuere, el regalo estaba protegido por un grueso trozo de cuero que había sido recortado a fin de que pudiera recubrirlo con una serie de solapas triangulares, cada una de las cuales disponía de un anillo metálico, permitiendo que el candado las inmovilizara a todas. El cuero parecía bastante viejo. Además el candado estaba oxidado, indicando con ello que también era muy viejo, por lo que parecía obvio que lo que hubiera debajo también lo fuera.

Eso, naturalmente, confirmaba la corazonada de

Amy de que, de alguna manera, el regalo podía tener cierta relevancia en lo que concernía al misterio de Anna Malory. Pero por el momento nadie tenía ni idea de en qué podía consistir aquel detalle ni el propio regalo, y en particular, de quién lo había puesto allí. A juzgar por su forma podía tratarse de un libro, pero ¿por qué iba alguien a cerrar un libro mediante un candado? Probablemente, fuera una caja en forma de libro con algo más pequeño dentro de ella, algo, al menos en lo que a Amy concernía, que proporcionaría una clara pista acerca del verdadero origen de Anna Malory. Intentó levantar un poco una de las solapas para averiguar si podía atisbar por debajo de ella, pero el cuero era rígido y estaba demasiado apretado para que pudiera ser desplazado.

—Supongo que de haber habido una llave colgada de un cordel habría sido demasiado sencillo —suspiró Reggie.

—El cuero fue recortado para usarlo como envoltorio. También puede ser cortado para desenvolverlo —observó Derek.

—Cierto —asintió James, y se inclinó para sacar de su bota una daga. Anthony le respondió con la mirada a lo que James replicó encogiéndose de hombros y añadiendo—: Los viejos hábitos nunca mueren.

—Así es, y queda patente que de joven solías frecuentar los establecimientos portuarios de peor reputación, ¿verdad? —observó Anthony.

—¿Vamos a lavar los trapos sucios o vamos a averiguar qué hay dentro de esa caja? —replicó secamente James.

Anthony soltó una risita.

—La caja, viejo, por supuesto. Venga, empieza a cortar.

El cuero resultó más difícil de cortar de lo que se habían imaginado, especialmente con tan poco espacio para que la hoja de la daga pudiera deslizarse por debajo de las solapas. Al final, fue más la fuerza de James que la daga la que acabó separando el cuero de los anillos, permitiendo echar el candado a un lado y apartar las solapas.

James le entregó el paquete a Amy para que hiciera los honores. Sin perder un instante, Amy apartó las solapas y sacó el regalo. Era un libro, después de todo, encuadernado en cuero y sin título. Dentro de él también había un pergamino doblado que cayó al suelo.

Aunque media docena de manos se extendieron hacia él, Derek fue el primero en cogerlo. Tras desdoblarlo y echarle un rápido vistazo, dijo:

—Santo Dios, Amy, realmente tienes olfato, ¿eh? Espero que no apostaras demasiado, Jeremy.

Jeremy rio.

—Amy no estaba interesada en obtener nada: sólo quería hacer la apuesta para ganarla. Siempre le sale bien, por si aún no te habías dado cuenta. Uno de estos días debería llevármela a las carreras. Sería capaz de avergonzar incluso al viejo Percy a la hora de escoger ganadores, y eso que él siempre ha sido muy afortunado en ese aspecto.

Percy era un viejo amigo de la familia, al menos de la generación más joven. Se había hecho muy amigo de Nicholas y Derek, y posteriormente también de Jeremy, cuando Derek tomó bajo su protección a su recién encontrado sobrino hacía unos años.

—¡Si no nos dices ahora mismo qué pone en esa carta, Derek Malory, te daré una patada! —exclamó Reggie con impaciencia.

Ella y Derek se comportaban más como un par de hermanos que como los primos que eran en realidad. Habían crecido juntos después de que la madre de ella muriese y Reggie le había dado numerosas patadas a lo largo de los años, por lo que Derek se apresuró a obedecer.

—Es un diario que escribieron juntos, o lo que se podría llamar una especie de historia. Todo un detalle por su parte, desde luego, teniendo en cuenta que todas las personas que los conocieron han muerto... las que los conocieron realmente, quiero decir.

Le pasó el pergamino a Reggie, quien compartió su contenido en voz alta con los demás:

A nuestros hijos, sus hijos, y así sucesivamente.

Este documento que os dejamos quizá sea una sorpresa, o quizá no. No es algo que hayamos hecho público nunca, y ni siquiera le hemos hablado de él a nuestro hijo.

Sabed que no ha sido fácil convencer a mi esposo de que accediera a añadir sus pensamientos a esta narración, pues le parece que no sabe expresarse demasiado bien a través de la palabra escrita. Al final tuve que prometerle que no leería su parte, para que así no tuviera reparo en incluir sentimientos y opiniones con las que yo quizá no estuviera de acuerdo, o de las cuales pudiera avergonzarse. Él me hizo la misma promesa; por ello, cuando hayamos terminado de redactar este documento, lo pondremos a buen recaudo y tiraremos la llave.

Así pues, os dejamos esta crónica, para que la leáis cuando os venga en gana y le deis vida con vuestra imaginación. Aunque para cuando la leáis, es muy probable que ya no estemos con vosotros para responder acerca de nuestros motivos y de la forma no excesivamente honesta con que tratamos a personas que estaban dispuestas a hacernos mucho daño. Y os lo advierto: si se os ha inducido a creer que somos personas incapaces de obrar mal, entonces no sigáis leyendo. Somos humanos, después de todo, con todos los defectos, pasiones y errores por los que éstos se caracterizan. No nos juzguéis, y así quizás aprenderéis de nuestros errores.

ANASTASIA MALORY

Amy sonreía de oreja a oreja mientras apretaba el diario contra su pecho. ¡Tenía razón! Y quería empezar a leer inmediatamente aquel inesperado regalo de sus bisabuelos, pero los demás seguían hablando de la carta.

—Anastasia —estaba diciendo Anthony—. Nunca había oído llamar así a mi abuela.

—No es lo que se dice un nombre inglés, en tanto que Anna sí lo es —observó James—. Un evidente esfuerzo por ocultar la verdad, en mi opinión.

—Pero ¿qué verdad? —preguntó Derek—. Anastasia podría ser un nombre español.

—O no —intervino Travis.

—¿Por qué especular sobre este punto cuando podemos leer la verdad con nuestros propios ojos? —dijo Marshall—. Bueno, ¿quién lo leerá primero?

—Amy, naturalmente —sugirió Derek—. El diario podría haber salido a la luz antes de que ella hiciera esa apuesta con Jeremy, pero en lo que a mí respecta a ella le concierne, aunque me gustaría saber quién lo encontró y lo envolvió como si fuera un regalo de Navidad en vez de limitarse a entregárselo a mi padre.

—Probablemente ha estado en la casa durante todos estos años sin que nadie lo supiera —conjeturó Reggie.

—No me sorprendería —dijo Derek—. Demonios, esta casa es tan grande que hay partes de ella en las que ni siquiera yo he estado nunca, y eso que crecí aquí.

—Muchos de nosotros nacimos y nos criamos aquí, mi querido muchacho —le recordó Anthony—. Pero tienes razón: cuando eres joven, nunca llegas a investigarlo absolutamente todo. Supongo que eso depende de lo que encuentres interesante.

Amy no podía soportar el suspense por más tiempo y decidió intervenir.

—Estoy dispuesta a leerlo en voz alta, si alguno de vosotros quiere quedarse aquí a oírlo.

—Yo estoy dispuesto a escuchar uno o dos capítulos por lo menos —dijo Marshall, encontrando un asiento en el que acomodarse.

—Con lo grueso que es ese diario, podrías tardar

hasta el día de Navidad en leerlo todo —observó Warren mientras se instalaba en uno de los sofás y palmeaba la tapicería para indicarle a Amy que se sentara junto a él.

—Entonces es una suerte que lo hayamos abierto antes de tiempo, ¿eh? —dijo Jeremy con una sonrisa.

—Ahora no nos podemos ir a dormir, no después de ese «No nos juzguéis, y así quizás aprenderéis de nuestros errores» —dijo James—. Demasiado condenadamente intrigante, ¿verdad?

—Pero creo que antes deberíamos despertar a los mayores —observó Anthony.

James asintió.

—Estoy de acuerdo. Despiértalos mientras voy en busca de otra botella de coñac. Tengo el presentimiento de que va a ser una noche especialmente larga.

10

La caravana estaba formada por cuatro grandes carretas. Tres eran prácticamente casitas sobre ruedas, con una estructura hecha en su totalidad de madera que incluía un techo algo curvado, y estaban provistas de una puerta y de ventanas tapadas con cortinas de vivos colores. La antigüedad de algunas daba testimonio de la excelencia de los artesanos que las hicieron. Incluso la cuarta carreta mostraba aquella calidad, aunque no fuese más que un típico vehículo de suministros.

Cuando la caravana se detenía por la noche para acampar al lado del camino, se sacaban las tiendas de la cuarta carreta, junto con las marmitas y las varas de hierro que formarían triángulos encima de los fuegos de acampada para sostenerlas. Unos minutos después de que la caravana se hubiera detenido, el area ya había adquirido la atmósfera de una pequeña aldea llena de animación. Agradables aromas se esparcían por los bosques de los alrededores, acompañados del alegre sonido de la música y las risas.

La carreta más grande pertenecía al *barossan*, el jefe, Iván Lautaru. Rodeándola se alzaban las tiendas de su familia, las hermanas de su esposa, su madre, sus hermanas y sus hijas solteras.

La segunda carreta por orden de tamaño pertenecía al hijo de Iván, Nicolai, y su construcción había formado parte de los preparativos para el momento de su casamiento, hacía ya seis años. Nicolai aún tenía que tomar una esposa. Según María Stefanov, la anciana que vivía en la tercera carreta, aún no se daban los presagios adecuados. Primero dijo que para que la boda fuese fructífera debía celebrarse un día determinado del año, y desde entonces, cuando llegaba el día fijado y para gran enfado de Nicolai, cada año siempre había malos presagios.

Había un total de seis familias en la pequeña caravana, con un total de cuarenta y seis personas, niños incluidos. Siempre que podían se casaban entre ellos, pero a veces con tan pocas familias no había suficientes esponsales entre los que escoger, y en esas ocasiones buscaban otras caravanas iguales con la esperanza de que en ellas hubiera jóvenes en edad de contraer matrimonio con la misma necesidad. Durante sus viajes se encontraban y trataban con mucha gente, pero aquellas personas eran forasteros, *gajos*, y los hombres y mujeres de sangre pura nunca los tomarían en consideración para sus emparentamientos.

Los continuos retrasos de la boda de su hijo estaban haciendo que Iván también empezara a impacientarse. Ya había pagado el precio nupcial de aquella esposa para Nicolai. Su palabra era ley, pero no podía contradecir a María. La anciana era su suerte, su buena fortuna. Ignorar las predicciones de María sería su ruina. Todos estaban firmemente convencidos de ello. Pero Iván tampoco podía escoger a otra prometida para su hijo. Nicolai sólo podía casarse con la nieta de María, su única descendiente viva y la única que podría seguir trayéndoles buena fortuna cuando María muriera.

Aquella noche, como de costumbre, acamparon cerca del pueblo por el que habían pasado durante el día. Nunca acampaban demasiado cerca de un pueblo, sólo lo suficiente para que sus habitantes tuvieran fácil acceso a ellos y viceversa. Por la mañana, las mujeres irían al pueblo, llamarían a cada puerta y ofrecerían sus servicios, ya fuese para vender abalorios o cestas delicadamente trenzadas, o para predecir el futuro, un arte por el que era famosa su caravana.

También pregonarían las habilidades de sus hombres, pues la caravana de Lautaru contaba con algunos de los mejores constructores de carretas del mundo. Todos compartían lo que ganaban, pues el concepto de la propiedad les era ajeno por completo. Ésa era la razón por la que algunas de aquellas mujeres tal vez volvieran a la caravana con un par de gallinas robadas.

Si les encargaban una carreta, podían pasar una semana cerca del pueblo; si no, en uno o dos días se habrían ido. Ocasionalmente, si la fabricación de la carreta se prolongaba demasiado, dejaban atrás a los artesanos para que los alcanzaran en cuanto hubieran terminado su trabajo. Las señales que iban dejando junto a los caminos los guiarían de vuelta a la caravana.

Tenían que recurrir a aquel método porque personas como ellos eran los chivos expiatorios de cualquier crimen, tanto si lo habían cometido como si no. Si había caravanas como la suya en la comarca o si se quedaban demasiado tiempo en el mismo sitio, no tardarían en verse señalados con el dedo. Podían acampar en cuestión de minutos, y podían recoger sus cosas y partir en todavía menos tiempo. Una larga experiencia y la persecución de que había sido objeto su raza a lo largo de los siglos les habían enseñado a volver al camino en cuestión de momentos.

Eran vagabundos. Lo llevaban en la sangre, y todos sentían la necesidad de viajar y ver qué había más allá del próximo horizonte. Los adultos jóvenes habían visto la mayor parte de Europa. Los más viejos habían visto Rusia y los países que la rodeaban. Tendían a permanecer en un país el tiempo suficiente para aprender razonablemente bien su lengua, siempre que las circunstancias no les obligaran a salir huyendo antes. Hablar muchas lenguas era una gran ventaja para cualquier viajero. Iván se enorgullecía de conocer dieciséis idiomas distintos.

No era su primera visita a Inglaterra y probablemente tampoco sería la última, dado que ahora las leyes inglesas aplicables a su gente ya no eran tan duras como lo habían sido en siglos anteriores. Los ingleses les parecían un pueblo bastante extraño. Muchos jóvenes de buena familia quedaban tan fascinados por sus creencias y su amor a la libertad que querían unirse a ellos, vestir como ellos y actuar como ellos.

Iván permitía que uno o dos de aquellos *gajos* se unieran a la caravana durante cortos períodos de tiempo, pero únicamente porque su presencia tenía un efecto tranquilizador sobre los campesinos ingleses, quienes se decían que si sus señores consideraban que aquellas personas eran merecedoras de confianza, entonces no podían ser los ladrones que muchos afirmaban que eran.

Ahora tenían a uno de esos *gajos* con ellos, sir William Thompson. Sir William distaba mucho de ser el tipo de inglés que habitualmente quería unirse a ellos. Era un anciano, todavía más viejo que María, y eso que ella era la persona de mayor edad de la caravana. María se había dignado dirigirle la palabra hacía unos meses, no para predecirle el futuro, cosa que ya no hacía para los *gajos*, sino porque vio el dolor que había en sus ojos y quiso aliviarle.

Y así lo hizo, aliviando a William del peso de una culpabilidad con la que cargaba desde hacía más de cuarenta años, para que pudiera comparecer ante su Creador estando en paz consigo mismo. Inmensamente agradecido, el inglés juró dedicarle los años que le quedaran de vida. A decir verdad, se había dado cuenta de que María no tardaría en morir y quería hacer que sus últimos días fueran lo más agradables posible, para pagarle lo que había hecho por él. Nadie más lo sabía. Ni quienes habían conocido a María durante toda su vida, ni su propia nieta. Pero William lo había adivinado, y los dos estaban unidos por aquel conocimiento secreto.

Iván, sin embargo, no le habría permitido quedarse. Se decidió que su edad constituía un serio inconveniente, ya que era demasiado viejo para poder contribuir a las arcas de la comunidad. Pero William pidió que se le diera ocasión de demostrar que podía contribuir a ellas y así lo hizo, pues siempre volvía al campamento con los bolsillos llenos de monedas, y se le permitió quedarse. En realidad, el que fuera rico y las monedas le pertenecieran daba igual. William se limitaba a pagar el privilegio de poder estar cerca de María. Además, acabó haciendo otra contribución al mejorar su inglés, lo cual les vino bien porque tenían planeado pasar el resto del año en Inglaterra.

Anastasia Stefanov estaba sentada en el pescante de la carreta que ella y su abuela compartían, con la anciana sentada a su lado. Las dos contemplaban el campamento mientras éste se preparaba para la noche. Se cubrieron las hogueras. Unos cuantos grupos aún estaban sentados alrededor de ellas hablando en voz baja. Los niños eran envueltos en sus mantas apenas les entraba sueño. Sir William, a cuya presencia todos estaban más o menos acostumbrados, roncaba ruidosamente debajo de su carreta.

Anastasia había llegado a querer mucho a sir William en el poco tiempo que llevaba con ellos. Normalmente, lo encontraba un poco ridículo, con sus modales cortesanos, aquella envarada altivez suya tan típicamente inglesa y sus esfuerzos por hacer reír a María. Pero no había nada de ridículo en su devoción por su abuela, una devoción de la que no cabía duda alguna.

La joven solía bromear con María diciéndole que era una pena que ya fuese demasiado vieja para vivir un gran amor, a lo que la anciana observaba con un guiño y una sonrisa: «Nunca se es demasiado viejo para vivir un gran amor. Hacer el amor, en cambio, ya es harina de otro costal. Ciertos huesos se vuelven demasiado frágiles para tan delicioso ejercicio.»

Los grandes amores y el amor físico no eran temas de los que sólo se pudiera hablar en susurros avergonzados. Su gente hablaba de todo abiertamente y con una pasión que le parecía natural, ¿y qué podía haber más natural que los grandes amores y el amor físico?

El amor físico volvió a hacer acto de presencia en los pensamientos de Anastasia mientras veía cómo su futuro esposo empujaba a su amante ocasional hacia su carreta. La trataba con tan poca delicadeza que la mujer tropezó y cayó. Él la levantó tirándole del pelo y volvió a empujarla. Anastasia se estremeció. Nicolai era una auténtica bestia. La joven había sentido el aguijonazo de su palma en muchas ocasiones cuando a Nicolai no le gustaba cómo le había contestado. ¡Y aquél era el hombre con el que tenía que casarse!

El estremecimiento causado por el objeto de su mirada le pasó desapercibido a María.

—¿Te disgusta que haga el amor con otras?

—Ojalá me disgustara, abuela, porque así no vería tan negro mi futuro. Por mí que se lo queden, aunque no entiendo cómo pueden aguantar a ese energúmeno.

María se encogió de hombros.

—Siempre está el prestigio de ser favorecida por el único hijo de Iván.

Anastasia soltó un bufido.

—Ese favor sólo trae consigo problemas y disgustos. He oído decir que ni siquiera es un buen amante, porque obtiene su placer y no da ninguno a cambio.

—Esa clase de egoísmo abunda mucho entre los hombres. Su padre era igual.

Anastasia sonrió.

—Lo sabes por experiencia personal, abuela?

—¡Bah! Ya hubiera querido Iván tener esa suerte. No, el *barossan* y yo siempre hemos sabido entendernos muy bien el uno con el otro. Él no me miraba con lujuria en los ojos, y yo no le maldecía por el resto de sus días.

Anastasia rio.

—Sí, eso podría hacer que un hombre te cogiera un poco de miedo.

María sonrió, pero después se puso seria y extendió la mano para entrelazar sus nudosos dedos con los de Anastasia. La joven se alarmó. María nunca le cogía la mano a menos que tuviera alguna mala noticia que darle. No tenía ni idea de cuál podía ser esa mala noticia, pero contuvo el aliento con creciente temor, pues las malas noticias de María solían ser realmente fatales.

11

Anastasia había cumplido dieciocho años hacía unos meses. Eso significaba que había rebasado con creces la edad de casarse, ya que entre su gente se consideraba que los doce años era la edad ideal para contraer matrimonio.

Algunas mujeres se burlaban de ella porque aún no había conocido las caricias de un hombre. Le decían que era tonta, porque estaba desperdiciando sus mejores años y se negaba a obtener unas cuantas monedas extra de los *gajos* a cambio de un rápido revolcón sobre la paja. Sólo era otra manera de desplumarlos. No significaba nada. Ningún esposo, o futuro esposo, sentiría celos por ello; de hecho, esperaban que se hiciera. Sólo el que un esposo sorprendiera a su mujer lanzándole miraditas tiernas a otro miembro del grupo tendría consecuencias serias; divorcio, palizas severas, a veces la muerte o, lo que era todavía peor a sus ojos, la expulsión del grupo.

Siempre que Anastasia le hablaba a María de sus sentimientos al respecto, y de la aversión que le inspiraba la mera idea de ser tocada por un hombre tras otro, su abuela culpaba a la sangre de su padre. A lo largo de los años se le habían atribuido muchas cosas a su padre, algunas buenas y otras malas. María había descubierto que cuando no sabía cómo responder a las preguntas de la joven, el padre de Anastasia era un magnífico chivo expiatorio.

Muchas cosas pasaron por la mente de Anastasia mientras esperaba la mala noticia de María. Si se concentraba podría adivinarlo, pero no quería saberlo, todavía no. Al principio el silencio continuado fue un bálsamo, porque ni siquiera contenía el desastre. Pero estaba durando demasiado. El suspense acabó volviéndose insoportable.

Finalmente Anastasia no pudo aguantar por más tiempo la tensión y se decidió a hablar.

—Qué es lo que no quieres decirme, abuela? —preguntó.

La anciana suspiró.

—Algo que tendría que haberte dicho hace mucho tiempo, niña. En realidad son dos cosas, y ambas te llenarán de inquietud. En cuanto a la inquietud, sé que eres lo bastante fuerte para enfrentarte a ella. Lo que me preocupa es el brusco cambio que tendrá lugar en tu vida, y ésa es la razón por la que quiero verlo llegar lo más pronto posible, mientras todavía estoy aquí para ayudarte.

—¿Has visto algo en el futuro?

María sacudió la cabeza melancólicamente.

—Ojalá conociera el futuro en este caso. Pero eres tú quien debe crear ese futuro y la decisión que tomes puede hacerte mucho bien o mucho mal, pero así debe hacerse. La alternativa, y tú misma lo has dicho, es inconcebible.

Entonces, Anastasia supo el motivo por el que la mujer se mostraba tan críptica: se refería a su matrimonio o, mejor dicho, al esposo con el que tenía que casarse.

—¿Tiene algo que ver con Nicolai?

—Está relacionado con el matrimonio, sí. He de ver cómo se resuelve antes de que termine la semana. Ya no puede esperar más tiempo.

Anastasia se aterrorizó.

—¡Pero todavía faltan dos meses para el día que tú escogiste!

—Esto no puede esperar hasta entonces.

—¡Pero tú sabes que odio a Nicolai, abuela!

—Sí, y si hubieras sabido que le odiabas antes de que yo aceptara el precio nupcial que pagaron por ti, entonces podrías llevar mucho tiempo casada con otro. Pero Iván, ese taimado hijo de un chivo, vino a hablar conmigo cuando tú sólo tenías siete años, cinco antes de que fueras lo bastante mayor para casarte y mucho antes de que te dieras cuenta de que Nicolai no era el hombre adecuado para ti. Iván no quería correr el riesgo de que otro hombre se le adelantara.

—Yo era tan joven... —dijo Anastasia con amargura—. No entiendo a qué venía tanta prisa. Iván podría haber esperado a que yo fuera lo bastante mayor para decidir por mí misma.

—Ah, pero no olvides que estábamos visitando a otra banda. Y el otro *barossan* mostró excesivo interés por nuestra familia, e hizo demasiadas preguntas sobre ti. Iván no es ningún tonto. Esa misma noche te pidió en matrimonio. El otro *barossan* te pidió en matrimonio a la mañana siguiente, unas pocas horas demasiado tarde. Iván lleva años alardeando de cómo le ganó por la mano.

—Sí, le he oído hacerlo.

—Bueno, pues ya va siendo hora de que deje de alardear. Siempre ha recurrido a toda clase de métodos despreciables y rastreros para que yo y los míos siguiéramos unidos a esta banda, porque tenemos el don de la profecía. Nunca te lo he contado, pero cuando tu madre anunció que se iba a vivir con su *gajo*, Iván vino a verme y me prometió que antes de permitir que mi hija malgastara su talento con aquellos que no son de la sangre la mataría... a menos que yo accediera a tener otro bebé con el que reemplazarla. Por aquel entonces yo ya era demasiado mayor para tener hijos, pero ¿crees que a ese estúpido se le ocurrió tomar en consideración ese pequeño detalle? —preguntó soltando un bufido.

—Y supongo que accediste, ¿verdad?

—Por supuesto. —María sonrió—. Nunca me ha costado mentirle a Iván Lautaru.

—¿Y luego no intentó hacértelo pagar de alguna manera?

—No, no hubo necesidad. No tardamos en saber que tu madre estaba embarazada de ti, y entonces Iván se convenció a sí mismo de que volvería a nosotros con su bebé, siendo ésa la razón por la que no nos fuimos de aquí. Es la vez que hemos pasado más tiempo en el mismo sitio.

—Pero ¿por qué ahora quieres que me case con Nicolai? Llevas años ayudándome a huir de ese matrimonio. ¿Qué te ha hecho cambiar de parecer?

—No he cambiado de parecer, Anna. He dicho que debes casarte, no que debas casarte con Nicolai.

Anastasia puso ojos como platos, porque nunca se le había ocurrido pensar en esa posibilidad.

—¿Casarme con otro hombre? Pero ¿cómo puedo hacerlo, cuando he sido comprada y pagada?

—¿Casarte con otro hombre de nuestro pueblo? No, no puedes hacerlo. Eso sería el insulto más grave que se le pudiera hacer a Iván, y además Nicolai nunca aceptaría semejante insulto. Mataría al hombre que escogieras. Pero un *gajo* ya sería otra cuestión.

—¿Un *gajo*? —preguntó Anastasia con incredulidad—. ¿Un extraño? ¿Alguien que no es de nuestra sangre? ¿Cómo puedes ni siquiera sugerirlo?

—Y ¿cómo no puedo hacerlo, niña, cuando es tu única alternativa... a menos que quieras pasar el resto de tu vida siendo esclava de Nicolai?

Anastasia volvió a estremecerse. Sabía desde hacía mucho tiempo que antes de someterse a Nicolai se iría de la banda. ¿Y qué diferencia había entre irse o casarse con un forastero? De cualquier manera, se iría.

Suspiró.

—Supongo que tienes un plan, ¿verdad, abuela? Dime que lo tienes, por favor.

La anciana sonrió y le palmeó la mano.

—Por supuesto que tengo un plan, y además uno muy sencillo. Debes embrujar a un *gajo* para que te pida que te cases con él, y después debes convencer a la banda de que lo amas. El amor hará que todo el asunto sea visto desde otra perspectiva. Por amor uno puede traicionar a su gente y a todo aquello en lo que cree. Eso es comprensible, aceptable. Pero debes ser convincente. Si piensan que lo haces sólo para evitar casarte con Nicolai, entonces los Lautaru se sentirán insultados. Harás lo mismo que hizo tu madre. Para ella fue real, porque realmente amaba a su *gajo*. Para ti será una mentira, pero una mentira que usarás para escapar de ese futuro que dices no poder aceptar. Y quizá, si tienes suerte, algún día dejará de ser una mentira.

¿Hacer lo que hizo su madre? La hija de María, la madre de Anastasia, se había enamorado de un boyardo ruso, uno de los pequeños príncipes de la nobleza de aquella tierra. Murió al dar a luz a su bebé, un bebé que el boyardo habría conservado junto a él si hubiera sido un niño. Pero una hija no le servía de nada, y por eso permitió que María se llevara a su nieta y la educara.

Anastasia no había conocido a su padre, y nunca había deseado conocerle. Ni siquiera sabía si aún vivía. Le daba igual. Un hombre que no había visto valor alguno en ella no significaba nada para Anastasia. Y si dentro de su corazón se ocultaba una brizna de amargura por haber sido rechazada, se la guardaba para sí misma.

María sabía lo que sentía, naturalmente. María lo sabía todo. Podía mirar a la gente a los ojos y saber con toda exactitud qué había en su corazón. No se le podía ocultar nada. Pero no siempre tenía respuesta para las preguntas que iban contra las filosofías naturales de su pueblo, y entonces utilizaba como excusa al ruso.

Eso fue lo que hizo en aquel momento.

—Tú eres distinta del resto de nosotros —le recordó a Anastasia—. La sangre de tu padre se hace notar, pero eso no es malo. Nunca has robado, y nunca le has dicho una mentira a un *gajo* para despojarle de unas cuantas monedas. Para nosotros es natural hacer todas esas cosas y alardear de cómo hemos sabido ser más listos que ellos, pero a ti esa conducta te parece despreciable. En eso eres digna hija de tu padre, porque tu sangre es demasiado noble para que puedas rebajarte a utilizar lo que consideras métodos deshonestos. Nunca he intentado cambiar tu naturaleza o enseñarte a hacer las cosas de otra manera. Si los dos progenitores tenían buenas cualidades que transmitirte, entonces es bueno que tengas cualidades de ambos.

—Nunca he querido ser diferente.

—Lo sé —murmuró María—. Pero nadie puede evitar ser aquello que ha nacido para ser.

—Pero si me voy, ¿no amenazará Iván con matarme, igual que hizo con mi madre?

—No, esta vez no. Yo le convenceré de que si te mantiene apartada del amor, tu corazón destrozado seguramente le traerá desastres en vez de buena fortuna. También le recordaré que podrás divorciarte de tu *gajo* en cualquier momento y volver con la banda. Eso es algo que puedes hacer, Anna, así que acuérdate de esa posibilidad por si acabas descubriendo que tu elección no te hace feliz. Y si no regresas, entonces nunca tendrás que volver a preocuparte por Iván. Tu matrimonio con un *gajo* romperá tu contrato con los Lautaru. Entonces podrás hacer lo que te venga en gana, casarte con quien quieras o no casarte con nadie. La elección volverá a ser única y exclusivamente tuya.

—Pero yo no sé cómo se embruja a los hombres. ¿Cómo podría hacerlo? Esperas demasiado de mí.

—No dudes de ti misma, niña. Mírate. Esta caravana nunca ha visto una mujer más hermosa. Tienes la magnífica cabellera negra de tu madre. Tienes la piel blanca de tu padre y sus ojos, que eran del más puro azul. Tienes la sagacidad y la compasión de tu madre. Muchas fueron las veces en que se enfrentó con la banda para proteger a algún *gajo* que le daba pena. Tú has hecho igual. Embrujas a cada hombre que te mira. Lo que pasa es que no te das cuenta de que lo haces, porque hasta ahora nunca has pensado en ello.

—Es que no entiendo cómo podré hacerlo en tan poco tiempo. Dos meses...

—Una semana —la interrumpió María inflexiblemente.

—Pero...

—Una semana, Anna, no más. Mañana irás a ese pueblo. Mira bien a cada hombre con el que te encuentres. Habla con los que te interesen. Usa tu talento en tu favor. Pero elige a uno, y luego tráemelo. Yo sabré si has elegido bien.

—Pero ¿quiero elegir bien?

Semejante pregunta podría haber confundido a otra persona, pero no a María.

—¿Piensas usar a ese hombre durante algún tiempo y luego divorciarte de él para poder volver con la banda? Sólo tú puedes responder a esa pregunta, niña, suponiendo que luego seas capaz de vivir con tu conciencia después de haber usado a un hombre de esa manera. A mí no me costaría nada hacerlo, pero yo no soy tú. Creo que preferirías acertar en tu elección y hacer que tu primer matrimonio fuera el único.

María estaba en lo cierto, naturalmente. Pasar de un matrimonio a otro no sería muy distinto a pasar de un hombre a otro. Anastasia, al menos, no veía mucha diferencia entre una cosa y otra. Para ella el amor tenía que durar eternamente. Todo lo que estuviera por debajo de eso no podía ser amor.

Por desgracia, no veía cómo, dado el límite de tiempo que le estaba imponiendo María, podía encontrar a un hombre, y además un inglés, con el que quisiera estar casada hasta el fin de sus días. Ya estaba abriendo la boca para tratar de convencerla de que ampliara el plazo cuando María, por segunda vez, se puso muy seria, y sus nudosos dedos volvieron a estrecharle la mano.

—Hay algo más que debo decirte, y de lo que también tendría que haberte hablado hace mucho tiempo. No me iré de este lugar.

Anastasia frunció el ceño, pensando que María quería decir que se quedaría allí con ella y con el esposo inglés que debía encontrar. Pero por mucho que le hubiera gustado que eso fuese posible, sabía que Iván nunca lo permitiría.

Por mucho que lo lamentara, tenía que hacérselo ver.

—Me has dicho incontables veces que Iván nunca dejará que te vayas, y que antes te mataría.

María sonrió irónicamente.

—Esta vez no hay nada que pueda hacer para evitar que me vaya, Anna. Un privilegio de la edad es el lugar de descanso, y yo he escogido éste. Ha llegado mi hora.

—¡No!

—Calla, hija de mi corazón. Esto no es algo que pueda discutirse o evitarse. Y no deseo prolongar lo inevitable. Recibiré a la muerte con los brazos abiertos, porque pondrá fin a los dolores que han agobiado mi cuerpo durante estos últimos años. Pero antes he de verte seguir tu propio camino, porque de lo contrario no me iría en paz... Y ahora, basta de lágrimas. No hay que llorar por algo tan natural como la muerte de una muy anciana.

Anastasia abrazó a su abuela, escondiendo el rostro en su hombro para que no viera aquellas lágrimas que le era imposible contener. María había predecido inquietud, y no era exactamente lo que Anastasia estaba sintiendo en aquel momento, cuando todo su mundo se derrumbaba a su alrededor. Aquel golpe era demasiado terrible e inesperado. Pero por el bien de María, dijo:

—Haré lo que haga falta para que puedas irte en paz.

—Sabía que lo harías, niña —dijo María acariciándole la espalda—. ¿Comprendes ahora por qué antes debes casarte? Si eres todo lo que le queda a Iván, entonces no te dejará marchar por mucho que intentemos razonar con él. Mientras crea que todavía me tiene, te dejará marchar. Y ahora ve a acostarte. Necesitas una buena noche de sueño para poder pensar con claridad mañana, porque mañana irás en busca de tu destino.

12

—¿Y en la cama de quién la han encontrado esta semana?

—En la de lord Maldon. Le creía un poco más sensato, francamente. A estas alturas ya debería saber que, en sus intentos por superar a la última gran Dalila de la corte, esa mujer contrajo la viruela.

—¿Y qué te hace pensar que él no la tenía ya?

—Hummm. Sí, supongo que en ese caso le daría igual, ¿verdad? Bueno, no cabe duda de que la variedad se ha vuelto realmente peligrosa. Es preferible limitarse a una amante y asegurarse de que eres el único que comparte su lecho, como hago yo. Así quizá vivirás más tiempo.

—Si quieres limitarte a una mujer, ¿por qué no te casas?

—Dioses, no. Nada te llevará a la tumba más deprisa que una esposa gruñona. La próxima vez que se te ocurra hacer una sugerencia tan descabellada, muérdete la lengua. Y además, ¿qué tiene que ver el matrimonio con tener que limitarse a una sola mujer?

Christopher Malory no estaba prestando demasiada atención a la charla de sus amigos. No debería haberlos traído. Expectantes en un principio, ya empezaban a mostrar señales de aburrimiento mientras, repantigados en los sillones del estudio de su residencia, cotilleaban sobre viejos cotilleos. Pero él no venía a Haverston para entretener a sus invitados. Iba allí dos veces al año para inspeccionar la contabilidad, cosa que estaba intentando hacer aquella tarde, y luego se iba sin perder un instante.

La rapidez de su partida no se debía a que en Londres hubiera negocios o compromisos sociales que lo reclamaran. Lo que ocurría era que nunca se había sentido cómodo en Haverston, y cuando permanecía demasiado tiempo allí acababa teniendo la sensación de estar atrapado.

Haverston era un lugar oscuro y lúgubre, con muebles anticuados y paredes de feos tonos grises y marrones en el que la hosca servidumbre sólo le dirigía la palabra para decirle «Sí, milord» o «No, milord». Siempre podía redecorarlo, naturalmente, pero ¿por qué tomarse esa molestia cuando no deseaba pasar allí más tiempo del estrictamente necesario para examinar la contabilidad y escuchar las quejas del administrador de sus propiedades?

El feudo era bastante grande y proporcionaba unos buenos ingresos, pero él ni lo había querido ni lo necesitaba. Ya poseía una preciosa residencia en Ryding que tampoco visitaba con excesiva frecuencia —la paz y el silencio de la vida del campo nunca habían sido de su agrado—, así como el título de vizconde. Pero Haverston le había sido regalado en señal de gratitud, junto con un nuevo título de alto rango, por haber salvado sin querer la vida del rey.

Había ocurrido por pura casualidad cuando bajaba de su carruaje, atascado en el barro, en el mismo instante en que un caballo desbocado pasaba por allí. La súbita aparición de Christopher asustó al caballo lo suficiente para que se detuviera, pudiendo decirse que debido a ello depositó a su jinete sobre él, que acabó aplastado contra el suelo.

El azar quiso que el jinete resultara ser su rey, que estaba cazando en los bosques cercanos cuando su caballo se espantó. El rey Jorge, naturalmente, se mostró muy agradecido por aquella interferencia que juraba le había salvado la vida. Y no hubo manera de impedir que fuera altamente generoso en su gratitud.

Artemius Whipple, el administrador de sus propiedades, estaba sentado frente a él al otro lado del escritorio y escuchaba ávidamente los cotilleos, en vez de estar concentrado en el asunto que le atañía, y Christopher tuvo que llamar su atención dos veces para que prestara atención.

Whipple era un orondo caballero de mediana edad que venía incluido con el feudo, y Christopher no había tenido ninguna razón para despacharlo. Mientras las propiedades produjeran unos ingresos, cosa que hacían, su señor no tendría nada que reprocharle, por mucho que algunos de sus gastos resultaban incomprensibles. Whipple siempre tenía una excusa lista para ellos. Pero algunos eran tan escandalosos que requerían ser investigados.

—¿Cincuenta libras para que los jornaleros aren y siembren la granja principal? ¿Los ha mandado traer en barco desde las Américas?

Whipple percibió el sarcasmo y se ruborizó nerviosamente.

—Admito que la suma es escandalosa, sí, pero cada vez resulta más difícil encontrar jornaleros que quieran trabajar aquí. Corre el ridículo rumor de que Haverston está encantado y que por eso su señoría no quiere residir aquí.

Christopher puso los ojos en blanco.

—Menuda tontería.

—¡Oh, vaya! —exclamó Walter Keats—. Es la primera cosa interesante que he oído desde que llegamos aquí. ¿Y quién se supone que es el espectro?

Walter, el más joven de los tres amigos a sus veintiocho años, no soportaba pensar en el matrimonio. En aquel momento, su peluca empolvada estaba torcida después de que un picor hiciera que se la rascara distraídamente. Aunque las pelucas, y más las empolvadas, ya sólo se lucían en ocasiones especiales, Walter seguía el ejemplo de la vieja aristocracia y nunca salía de su vestidor sin una. En realidad, todo se reducía a una cuestión de vanidad, dado que su cabellera castaño oscura no le confería el porte que una peluca perfectamente empolvada, unida a sus luminosos ojos verdes, era capaz de otorgar a su rostro.

—¿Quién es? —preguntó Whipple mirando vagamente al joven lord como si no hubiese esperado que su razón fuera diseccionada, ya que Christopher rara vez le interrogaba acerca de las excusas que alegaba.

—Sí, ¿quién es? —insistió Walter, con lo que colocó al administrador en una situación bastante comprometida—. Si un lugar está encantado, es evidente que alguien tiene que ser el responsable de dicho encantamiento.

—Pues francamente no lo sé, lord Keats —dijo Whipple poniéndose un poco más rojo—. Nunca he dado mucho crédito a las supersticiones de los campesinos.

—Y además da igual, porque aquí no hay fantasmas —añadió Christopher.

Walter suspiró.

—Qué aburrido eres, Kit. Si mi hogar tuviera historia, y me refiero al tipo de historia que está empapada en sangre, te aseguro que querría conocerla.

—No considero que esta mansión sea mi hogar, Walter.

—¿Se puede saber por qué no?

Christopher se encogió de hombros.

—Mi hogar siempre ha sido la casa de Londres. Este sitio no es más que un lugar... una labor de la que he de encargarme.

David Rutherford, que no disfrutaba de una posición tan acomodada como sus dos amigos, sacudió la cabeza.

—¡Quién sino Kit podría pensar que este sitio no es más que un lugar! No es muy alegre, lo admito, pero tiene un potencial increíble.

A sus treinta años, David aún no estaba tan aburrido de la vida como lo estaba Christopher a sus treinta y dos. Sus negros cabellos y sus ojos de un azul muy claro hacían de él un hombre muy apuesto y últimamente dedicaba la mayor parte de su tiempo a las mujeres, aunque estaba dispuesto a probar cualquier cosa nueva, sobre todo si sonaba mínimamente arriesgada.

Christopher hubiese querido poder compartir ese interés, pero durante el último año había desarrollado un extraño hastío y parecía incapaz de interesarse por nada. Había acabado comprendiendo que estaba harto de todos los aspectos de su vida, y aquel aburrimiento empezaba a convertirse en una pesada carga.

Sus padres murieron cuando él aún era niño y, al no tener más parientes, fue criado por el procurador de la familia y los sirvientes, que quizás habían modificado su manera de ver las cosas. Christopher no se sentía atraído por cuanto divertía a sus amigos. De hecho, en su vida había muy pocas cosas que le parecieran divertidas, y por esa razón su aburrimiento había llegado a volverse tan perceptible.

—El potencial que pueda tener Haverston dependerá del tiempo que se invierta en él y del interés por explotarlo que se tenga —repuso cansadamente.

—Tú dispones del tiempo —observó Warren—, así que debe tratarse de falta de interés.

—Exacto —dijo Christopher con una mirada penetrante que esperaba pondría fin a la discusión pero, por si acaso, añadió—: Ahora, si no os importa, tengo trabajo que hacer aquí. Me gustaría volver a Londres antes del otoño.

Dado que todavía faltaba más de un mes para la llegada de aquella estación, su sarcasmo fue debidamente anotado, e intercambiando miradas ofendidas los dos jóvenes caballeros volvieron a sus cotilleos. Pero Christopher apenas tuvo tiempo de volver a hablar cuando el mayordomo entró en el estudio para anunciar la llegada de unos visitantes inesperados procedentes de Havers.

El alcalde, el reverendo Biggs y el señor Stanley, el miembro más veterano del consejo municipal, habían ido a la mansión para dar la bienvenida a Christopher al «vecindario» cuando éste fue a Haverston por primera vez hacía ya unos años. No obstante, Christopher no había vuelto a ver a ninguno de aquellos hombres, dado que durante sus estancias en la mansión nunca había surgido ocasión de visitar el pueblo, y no se le ocurría qué podía haberlos traído una vez más a Haverston, particularmente a aquellas horas de la tarde. Pero los visitantes apenas le dieron tiempo a hacer ninguna conjetura, pues fueron directamente al motivo de su visita.

—Hoy hemos sido invadidos, lord Malory.

—¡Por una pandilla de impíos ladrones y vendedores de pecados! —exclamó el reverendo Biggs con considerable indignación.

Walter pareció encontrar particularmente interesante el término «impíos».

—Que supongo serán distintos de los ladrones piadosos, ¿verdad? —preguntó.

Estaba siendo sarcástico, pero el buen reverendo optó por tomarse muy en serio sus palabras.

—Los paganos normalmente lo son, milord —dijo con pomposidad.

David, sin embargo, se había animado considerablemente ante la mención del pecado.

—¿Qué clase de pecado estaban vendiendo? —preguntó.

Christopher, irritado por esa nueva interrupción de su labor, no acababa de entender a qué venía todo aquello.

—¿Y por qué acuden a mí? ¿Por qué no se han limitado a hacer arrestar a esos criminales?

—Porque no fueron sorprendidos robando. Esos paganos son muy astutos.

Christopher rechazó la explicación con un ademán lleno de impaciencia, ya que aquello no respondía a su pregunta.

—Como alcalde, lo único que debe hacer es pedirles que abandonen su hermoso pueblo, así que repito la pregunta: ¿por qué acuden a mí?

—Porque los zíngaros no se encuentran en nuestro pueblo, lord Malory. Han acampado en su propiedad, sobre la cual no tenemos jurisdicción.

—¿Zíngaros? Oh, esa clase de pecado —dijo David con una risita que le ganó un gesto desaprobatorio por parte del reverendo.

—Y supongo que quieren que yo les pida que se vayan, ¿verdad? —dijo Christopher.

—Por supuesto que eso es lo que quieren, Kit. Y Walter y yo iremos contigo para echarte una mano. No podemos permitir que vayas solo.

Christopher puso los ojos en blanco. Sus amigos habían encontrado algo con que entretenerse después de todo, y a juzgar por sus expresiones, ambos tenían muchas ganas de empezar a divertirse.

13

—Nunca había visto a tantos hombres casados juntos en el mismo sitio —dijo una Anastasia muy disgustada cuando se reunió con su abuela junto a la hoguera del campamento aquella noche—. El pueblo tiene el tamaño ideal, pero no servirá para nuestro propósito, abuela. No he podido encontrar ni un solo hombre que no fuera demasiado viejo, demasiado joven o demasiado... inaceptable.

—¿Ni uno solo? —exclamó María, muy sorprendida.

—Ni uno solo.

María frunció el ceño pensativamente antes de preguntar:

—¿De qué clase de «inaceptable» estamos hablando?

—De aquella de la que nunca podría creerse que yo fuera capaz de enamorarme.

María suspiró y asintió.

—No, esa clase no sirve. Muy bien, esta noche le diré a Iván que debemos irnos. No me preguntará por qué. Puedes probar suerte en el próximo pueblo.

—Creía que habías dicho que querías quedarte aquí, que este claro te parecía un buen sitio en el que descansar.

—Bueno, pues entonces buscaré un lugar apacible un poco más lejos. No te preocupes por mí, niña. Sabré resistir hasta que te cases... siempre que lo hagas dentro de esta semana.

Anastasia no pudo evitar encorvar los hombros en cuanto oyó esas últimas palabras. Se había prometido a sí misma que no volvería a llorar. Si su abuela realmente estaba sufriendo tanto en su ancianidad, entonces sería terriblemente egoísta por su parte desear que siguiera entre los vivos sólo porque sabía que estaría totalmente perdida sin su amor y sus consejos.

Quedaba tan poco tiempo, y había tantas cosas que quería decirle a aquella mujer que la había criado, tantas cosas que quería agradecerle... Pero no se le ocurría nada que pudiera expresarlo todo, salvo...

—Te quiero, abuela.

Una sonrisa iluminó el rostro de María y extendió el brazo para estrecharle la mano.

—Todo irá bien, hija de mi corazón. Tus instintos

te guiarán y tu don de la visión te ayudará, y así te lo predigo. Pero si alguna vez tú o los tuyos necesitáis mi ayuda, la tendréis.

Ofrecer ayuda desde el más allá parecía descabellado, pero aun así Anastasia se sintió muy reconfortada. Le devolvió el apretón y, queriendo disipar la repentina seriedad del momento, bromeó:

—Estarás demasiado ocupada quitándote de encima a todos esos apuestos ángeles que te han estado esperando.

—¡Bah! ¿Para qué quiero volver a tener entre quién escoger, cuando es la paz lo que ando buscando?

—Muy bien dicho —observó sir William mientras se reunía con ellas junto a la hoguera—. Y además estará esperando mi llegada, así que no tendrá que escoger entre todos esos apuestos ángeles, los cuales, ay, quedarán infinitamente desilusionados. —Se inclinó ante María y dejó caer un ramillete de flores silvestres encima de su regazo—. Buenas noches, querida.

Anastasia sonrió mientras observaba el ligero sonrojo de María y la mirada de adoración que le lanzó el inglés. Otra razón por la que quería tanto a William: su presencia ejercía un efecto benéfico sobre la anciana, añadiendo placer a sus últimos días. Anastasia siempre le estaría agradecida por ello.

El inglés no se quedó mucho tiempo con ellas,

porque la cena que estaba preparando María aún no estaba lista y William había decidido cuidar de los caballos de su carreta, a los que iba a ver varias veces al día para asegurarse de que estuvieran bien atendidos. Pero apenas había ido hacia ellos cuando unos visitantes inesperados llegaron al campamento.

Fue toda una entrada en escena, con tres jinetes llegando al galope y deteniendo sus monturas con un brusco tirón de riendas. Uno de los caballos, un robusto corcel marrón, pareció tomarse bastante mal el que su veloz galopada fuera interrumpida de aquella manera, pues cabeceó, arañó el suelo con los cascos y acabó irguiéndose sobre sus patas traseras.

Pero su jinete lo controló admirablemente, y le bastaron unos instantes para calmarlo. Anastasia contempló a aquel hombre que podía manejar con tal facilidad a tan briosa montura y su mirada ya no fue más allá, pues por primera vez había quedado fascinada por la visión de alguien.

Era alto, muy alto, ancho de hombros y corpulento de pecho. Sus rubios cabellos no estaban empolvados. La mitad de los ingleses con que se encontraba llevaban pelucas, tanto los hombres como las mujeres, que en general llevaban empolvadas. Pero si esa abundante cabellera dorada recogida en la nuca era una peluca, había sido soberbiamente confeccionada y carecía de los apretados rizos sobre las sienes que los ingleses encontraban tan elegantes.

El jinete era asombrosamente apuesto, o al menos así se lo pareció a Anastasia, que quedó al punto fascinada, y María, que había visto cómo lo miraba, le dijo:

—Así que hoy has encontrado uno después de todo.

—Podría estar casado —murmuró Anastasia con un hilo de voz.

—No —negó categóricamente María—. Ya va siendo hora de que tengas un poco de suerte, niña. Y ahora, ve a reclamar tu destino antes de que alguna de las otras mujeres acapare su atención y debas enfrentarte a ella para arrebatárselo. Si no fuera por ese animal tan peligroso sobre el que está sentado, ya las tendría encima. Pero no tengas miedo de su montura, porque él no permitirá que te haga daño.

Anastasia nunca dudaba de lo que le decía María, y tampoco lo hizo en aquel momento. Asintió distraídamente y fue al centro del campamento, donde los desconocidos habían detenido sus caballos junto a la hoguera más grande. Iván había estado sentado junto a ella y se levantó ante la intrusión, por lo que el inglés rubio le dirigía ahora sus exigencias, que Anastasia oyó mientras iba hacia ellos.

—Tu gente ha entrado en mi tierra sin permiso.

Ya sé que quizá no os hayáis dado cuenta de lo que hacíais, pero ahora que lo sabéis, tendréis que iros...

Iván se apresuró a interrumpirle antes de que su insistencia llegara a volverse irreversible.

—Tenemos con nosotros a una anciana que está muy enferma —dijo—. Aún no puede viajar.

Era una excusa que usaban en muchas ocasiones cuando les pedían que se marcharan, y poco podía imaginarse Iván cuán cierta era esta vez. Pero el dueño de las tierras no parecía muy convencido. Mirando en torno suyo, se dispuso a repetir su orden.

Por eso Anastasia se adelantó para dirigirle su súplica.

—Es mi abuela la que está enferma, lord inglés. Sólo necesita descansar unos días. Dejaremos tu propiedad tal como la encontramos, y no sufrirá ningún daño. Por favor, deja que nos quedemos aquí un día o dos para que pueda recuperar las fuerzas.

El inglés estaba contemplando a Iván con un ceño tan sombrío que por un momento pareció que ni siquiera se volvería hacia ella para mirarla, pero cuando lo hizo abrió un poco más los ojos, dando con ello una indicación de que estaba tan sorprendido por lo que veía como ella. Sus ojos eran muy verdes y muy penetrantes. Anastasia no pudo apartar la mirada de ellos, reconociendo la intensa emoción que iba llenándolos poco a poco y deleitándose con ella, porque esa pasión que ni se le había ocurrido despertar era el material con el que podía trabajar.

Cuando vio que se limitaba a seguir mirándola en silencio, añadió:

—Ven a conocerla. Comparte una botella de exquisito vodka ruso o vino francés con nosotras. Así verás que somos gente inofensiva y de habilidades únicas que podrían interesarte.

Sabía que estaba siendo descaradamente provocativa, sabía qué servicio pensaría él que le estaba ofreciendo y sabía que ésa era la razón por la que asintió y desmontó para seguirla, y en realidad nada de todo aquello tenía ninguna importancia dentro del gran plan general de las cosas. Anastasia necesitaba estar a solas con él para que pudieran hablar, y debía hacer que pareciese que estaban fascinados el uno por el otro para que todos creyeran que se habían enamorado apenas se conocieron, y aquélla era la forma más fácil de conseguirlo.

Lo llevó hasta su hoguera. María se había levantado y ya estaba alejándose. A Anastasia no se le había ocurrido pensar que el extranjero notara que su abuela no estaba enferma, pero no necesitaba preocuparse por eso. Ella estaba acostumbrada a ver a María cada día, y por eso no se había dado cuenta de lo mal que se encontraba. Pero al observarla a través de los ojos de un desconocido, se dio cuenta de que se la veía pálida, débil y vieja, como si estuviera cansada de vivir. Verla así le desgarró el corazón.

—Quiero que conozcas a alguien, abuela.

—Esta noche no, niña. Necesito descansar.

Anastasia no se esperaba aquello, sobre todo porque sabía que María no había oído lo que acababa de decirse junto a la hoguera de Iván. No obstante, enseguida comprendió que María intentaba proporcionarle un poco de ese tiempo a solas con el inglés que tanto necesitaba. Pero aun así hubiese querido que se quedara con ellos porque necesitaba saber qué opinaba de aquel hombre, y María no podría formular una opinión a menos que hablara con él. El inglés se encargó de hacerla cambiar de parecer.

—Deja que se vaya —dijo secamente—. Ya veo que no se encuentra muy bien.

Anastasia asintió y le señaló uno de los gruesos almohadones de lona esparcidos por el suelo para que se sentara.

—Te traeré algo de beber y...

—Eso no será necesario —la interrumpió él mientras alejaba su caballo unos pasos y volvía con ella—. Siéntate. Tu visión ya es suficientemente embriagadora.

Anastasia no podía haber pedido una respuesta mejor, pero aun así se ruborizó. No estaba acostumbrada a aquel juego de la seducción, y no tenía muy claro cómo había que jugar a él. Pero sabía que era su única opción, la única manera en que podía aspirar a convencerlo de que se casara con ella.

Se reunió con él junto al fuego. Visto de cerca, el inglés era todavía más apuesto de lo que le había parecido en un principio. De hecho, todo en él era agradable a la vista.

Su ropa era elegante sin llegar a la suntuosa ostentación que tanto gustaban exhibir algunos lores. La levita marrón que le llegaba hasta las rodillas sólo tenía bordados sobre los ribetes de los bolsillos y en las holgadas mangas, y su amplio vuelo se desplegó a su alrededor cuando se sentó. Sus calzas terminadas en la rodilla se ceñían a los contornos de sus piernas y, con una rodilla levantada para apoyar el brazo en ella, mostraban los músculos de sus muslos.

Sus medias eran de seda blanca, al igual que la camisa, aunque la única evidencia de ésta eran los volantes que asomaban de las gruesas bocamangas de su levita y las chorreras de encaje que formaban el cuello de ésta. Su chaleco ceñido al cuerpo era de brocado beis, se abrochaba mediante una larga hilera de botones dorados y quedaba abierto desde la cadera hasta el muslo para permitir una mayor libertad de movimientos.

Muchos hombres recurrían al corsé para que aquellos chalecos tan largos y apretados les quedaran mejor —de hecho, su uso se había puesto muy de moda—, pero Anastasia no creía que aquel inglés tuviera necesidad de uno. Estaba demasiado bien constituido y en buena forma física para ello y, dentro de ser demasiado grande y robusto, lo era de una manera musculosa. Aquel hombre nunca permitiría que un exceso de carne echara a perder su aspecto soberbiamente cuidado.

El inglés volvía a tener los ojos clavados en ella. Anastasia estaba cometiendo la misma falta de cortesía que él, y no podía dejar de mirarlo. Pero también sabía que estaban siendo ávidamente observados. Las otras mujeres ya se habían lanzado sobre los dos acompañantes del inglés, y la música había empezado a sonar. Una de las mujeres estaba bailando una de sus danzas más provocativas para entretenerlos.

Pero Anastasia apenas si se enteraba de lo que estaba ocurriendo en el campamento, porque el hombre sentado junto a ella acaparaba toda su atención. Por eso no pudo evitar un leve sobresalto cuando volvió a oír su grave voz.

—Antes mencionaste ciertos servicios. Querría saber cuál es el servicio que tú puedes ofrecer, hermosa mía.

Ella sabía qué respuesta esperaba y que se sentiría muy desilusionado si se limitaba a decirle la verdad, pero aun así no iba a mentirle más de lo estrictamente necesario. De hecho, esperaba no tener que mentirle ni una sola vez, porque no quería que su relación empezara así. Y de pronto, gracias a su extraordinario sentido de la visión, supo que se casarían. Lo único que aún no sabía era cómo se las ingeniaría para que eso llegara a ocurrir.

El estofado de María olía muy bien. Anastasia lo removió mientras pensaba qué debía decirle al inglés. ¿Toda la verdad? ¿Una verdad parcial?

No quería que la tomara por una hechicera dotada de poderes mágicos, que era lo que pensaban de algunas zíngaras. A algunas personas les daba miedo la magia, y a veces incluso las cosas que sólo daban la apariencia de serlo podían inspirar temor. Anastasia no poseía ninguna clase de magia real, sólo un talento cuya naturaleza podía parecer un tanto mágica por la sencilla razón de que nunca se equivocaba. El problema era cómo explicarle eso al inglés.

14

Christopher había visto zíngaros antes, aunque nunca tan de cerca. Grandes bandas de ellos acampaban de vez en cuando por las afueras de Londres para ejercer sus numerosos oficios y habilidades y entretener a aquellos londinenses que osaban aventurarse por sus campamentos, pero nunca había ido a verlos. Aun así, había oído muchas historias sobre ellos, la mayoría no demasiado agradables.

Generalmente, se los tenía por ladrones y prostitutas exóticas, pero se admitía que también dominaban las respetables artes de la calderería, la trata de caballos, la música y la danza. Se los consideraba un pueblo feliz y despreocupado que aborrecía la idea de echar raíces en un lugar determinado. Cuando un zíngaro no podía vagar a su antojo se le marchitaba el alma o al menos eso había oído decir Christopher.

Aquel grupo parecía bastante inofensivo. Su campamento estaba limpio y ordenado. Su música y sus risas no eran excesivamente ruidosas. La mayoría eran de piel morena y aspecto exótico. Todos llevaban faldas y pañuelos de vivos colores, con blusas más claras, y los hombres lucían hermosos fajines. Había una gran exhibición de bisutería barata bajo la forma de enormes pendientes colgantes y muchos anillos, cadenas y brazaletes.

La muchacha que tan vivamente había cautivado su interés, sin embargo, parecía distinta de los otros. Lucía grandes pendientes y numerosos brazaletes y anillos. Su ropa era igual de alegre y de vivos colores, la falda azul y amarilla y la blusa de mangas cortas de un amarillo pálido. Pero ningún pañuelo recogía su cabellera, la cual caía libremente en rizos sobre los hombros y la espalda.

Eran sus ojos, no obstante, los que la hacían tan distinta. El que fueran levemente rasgados les daba una apariencia exótica, de un brillante azul cobalto. Su piel, tan lisa y blanca como el marfil, también era de un color mucho más claro.

No era muy alta. Su cabeza probablemente no le llegaría a los hombros a Christopher. Era delicada y esbelta, pero estaba proporcionada. Los opulentos senos tensaban el delgado algodón de la blusa. Christopher había visto mujeres más hermosas, pero nunca una tan atractiva como aquélla. La había deseado nada más verla. Lo cual ya era de por sí bastante asombroso, puesto que nunca le había ocurrido con anterioridad.

Todavía no había respondido a su pregunta. Observándola, y disfrutando de su contemplación, Christopher casi lo había olvidado hasta que la oyó hablar.

—Soy sanadora, vidente e intérprete de sueños —dijo la joven—. No pareces estar enfermo, lord inglés —añadió con una sonrisa.

Christopher rio.

—No, no estoy enfermo. Y tampoco sueño con la frecuencia suficiente para acordarme de algún sueño en particular que puedas interpretar para mí. En cuanto a ver mi futuro, tendrás que perdonarme, preciosa, pero no pienso tirar el dinero en algo que no podrá comprobarse hasta que ya estés muy lejos de aquí.

—Un hombre inteligente. —La joven, que se veía no estaba ofendida por sus palabras, sonrió—. Pero no veo el futuro.

—¿No? —repuso él enarcando una ceja dorada—. ¿Y entonces qué ves, ya que dices ser una vidente?

—Veo a las personas tal como son en realidad y a veces las ayudo a verse más claramente a sí mismas, para que así puedan corregir sus defectos y ser más felices con su suerte.

Christopher encontró muy graciosas sus descabelladas afirmaciones.

—Ya me conozco suficientemente bien a mí mismo.

—¿De veras?

La pregunta fue hecha en un tono tan significativo que Christopher no pudo evitar sorprenderse, pero enseguida dejó pasar la curiosidad que le había suscitado. No se dejaría engañar. Aquella gente se ganaba la vida aprovechándose de los ignorantes y los supersticiosos, y él no era ninguna de las dos cosas. Además, la joven aún no había mencionado lo que él quería de ella.

—Tengo monedas para gastar —le dijo sin inmutarse—. Seguro que tienes alguna otra cosa que vender... que podría interesarme.

El que su mirada recorriera su cuerpo mientras hablaba dejó muy claro qué era lo que quería de ella. Semejante atrevimiento habría hecho que una dama se sintiera insultada, pero la joven no se inmutó. Incluso llegó a sonreír, como si la deleitara que él se mostrase tan descarado en su deseo. Por eso su respuesta dejó confuso a Christopher.

—No estoy en venta.

Christopher se sintió como si acabara de recibir un hachazo. Nunca se le había ocurrido pensar que no pudiera poseerla. Sus emociones se rebelaron, decididas a no aceptar una negativa.

Se había quedado sin habla, y al notarlo, pasados unos momentos, ella añadió:

—Lo cual no quiere decir que no puedas tenerme...

—¡Excelente! —la interrumpió él, pero con eso sólo consiguió que alzara una mano para pedirle que la dejara terminar.

—Pero no vale la pena que hablemos de ello, porque la condición no será de tu agrado.

Christopher no supo de qué manera reaccionar ante la serie de intensos altibajos emocionales que le estaba infligiendo aquella zíngara.

Acabó frunciendo el ceño, y cuando volvió a hablar lo hizo en un tono bastante hosco y desagradable.

—¿Qué condición? —preguntó.

La joven suspiró.

—¿Por qué mencionarla, cuando nunca accederás a ella?

Dándole la espalda, empezó a levantarse como dispuesta a marcharse. Christopher la cogió del brazo para detenerla. Sería suya. Pero de pronto le enfureció verla tan segura de que jugar con él haría subir el precio.

—¿Cuánto me costará? —preguntó, decidiendo morder el anzuelo.

Su tono hizo que Anastasia parpadeara, pero no intentó aplacar su ira.

—¿Por qué todo ha de tener un precio, lord inglés? —se limitó a preguntar—. Te has equivocado al pensar que soy como esas mujeres de allí. Para ellas acostarse con un *gajo* no significa nada, porque sólo es otro medio de echar comida a la olla.

—¿Y qué te hace distinta?

—Sólo soy medio zíngara. Mi padre era tan noble como el tuyo, si es que no más, porque en su país era todo un príncipe. De él he heredado ideales distintos, uno de los cuales es que ningún hombre me tocará sin haberme tomado antes en matrimonio. ¿Entiendes ahora por qué digo que no vale la pena hablar de ello? No sólo tendrías que acceder a casarte conmigo, sino además convencer a mi abuela de que eres digno de mí, y no preveo que ninguna de esas dos cosas vaya a ocurrir. Y ahora, si me disculpas...

Christopher no estaba dispuesto a dejarla marchar. Casarse con ella era absurdo, naturalmente, tal como ella misma había señalado. Conque su padre era príncipe, ¿eh? ¡Menuda mentira! Aun así la deseaba. Tenía que haber otra manera de poseerla. Lo único que tenía que hacer era dar con ella, y para eso tenía que mantenerla allí y hablar. Fue por esa razón por la que le dijo:

—Cuéntame algo más sobre esa «videncia» tuya.

La joven no se anduvo con rodeos.

—¿Por qué iba a hacerlo cuando dudas de mí?

Christopher se apresuró a dirigirle una afable sonrisa que esperaba disipara sus sospechas.

—Pues entonces convénceme.

Por un momento, la joven se mordió el labio, indecisa. El labio mordido no podía ser más atractivo. Volvió a remover el contenido de la olla, y cada uno de sus sensuales movimientos también removía cosas dentro de él. Parecía estar absorta en sus pensamientos. Después se irguió y lo miró a los ojos, sin decir nada y con penetrante fijeza, durante unos momentos interminables. Christopher no pudo evitar tener la sensación de que la joven realmente estaba escrutando las más oscuras simas de su alma. La tensión era tan insoportable que estuvo a punto de gritar.

—Muy bien —dijo finalmente la joven—. No eres feliz. No es que algo te haya hecho desgraciado, no. De hecho, en tu vida hay muchas cosas que podrían hacerte feliz, pero no lo hacen.

Al parecer, su hastío saltaba a la vista. Sus amigos también lo habían comentado, por lo que no le sorprendió que ella fingiera «ver» aquello como su problema.

Furioso al ver que la joven llamaba «videncia» a lo que era tan evidente que cualquiera podía verlo, decidió ponerla en su sitio.

—Y tal vez sepas por qué.

—Tal vez lo sepa —repuso ella, y la compasión que llenó sus ojos hizo que Christopher se sintiera extrañamente incómodo—. Es porque lo que antes te interesaba ha dejado de interesarte, y todavía no has encontrado nada que pueda ocupar su lugar. Eso ha hecho que te sintieras... ¿desilusionado? ¿Aburrido? No estoy muy segura, pero sólo sé que a tu vida le falta algo muy importante. Eso no ha empezado a preocuparte hasta hace poco. Quizá se deba a que has estado solo y sin familia durante demasiado tiempo. La atención y el cuidado de una familia siempre son buenos, pero tú te has visto privado de ellos. Quizá sea que aún no has encontrado un propósito para tu vida.

Christopher sabía que todo aquello sólo eran conjeturas por su parte, pero la precisión con que daban en el blanco era un poco aterradora. Quería oír más, y al mismo tiempo quería que se callara. En realidad, lo que quería oír era algo que no dejara lugar a dudas de que sólo era una charlatana.

—¿Qué más ves?

La joven se encogió alegremente de hombros.

—Cosas sin importancia que no tienen nada que ver con tu bienestar y tu estado de ánimo.

—¿Como cuáles?

—Como que podrías ser rico, pero que en realidad no estás interesado en acumular grandes riquezas.

Christopher enarcó una ceja.

—Perdona, ¿cómo dices? ¿Qué te hace pensar que no soy rico?

—Desde mi punto de vista, lo eres. Desde el tuyo, sólo disfrutas de una posición razonablemente acomodada. Incluso el administrador de tus propiedades obtiene más beneficios que tú por trabajar para ti.

Christopher se quedó paralizado.

—Ésa es una observación calumniosa y difamatoria, muchacha, y más vale que te expliques ahora mismo. ¿Cómo puedes saber eso?

Ver que se había convertido en el objeto de su ira no pareció alarmarla en lo más mínimo.

—No puedo saberlo —replicó—. Pero hoy he ido a Havers y no he podido evitar oír hablar mucho de ti. Como rara vez vienes aquí, cuando lo haces tu nombre está en boca de todo el mundo. Tu administrador fue mencionado en bastantes ocasiones, y también hablaron de cómo te ha estado engañando desde que llegaste. Algunos opinan que un lord se tiene bien merecido que lo engañen. Otros, en cambio, han tratado en persona con ese hombre y lo desprecian. Normalmente, el que haya dos motivos diferentes para decir lo mismo elimina los motivos y, con ello, sólo proclama la verdad. Y si no fuese verdad, lord inglés, te habrías reído y no le hubieses dado mayor importancia. Tu enfado demuestra que me he limitado a confirmar tus propias sospechas.

—¿Algo más? —gruñó él.

La joven le sonrió.

—Sí, pero me parece que ya te he hecho enfadar bastante por una noche. ¿Quieres compartir nuestra frugal cena?

—Ya he comido, gracias. Y preferiría dar rienda suelta a toda la ira ahora, para dejar sitio a... otras emociones. Así pues, sigue diseccionándome.

Ella se ruborizó ante la mención de aquellas otras «emociones», comprendiendo muy bien a qué se refería. Eso disipó la furia de Christopher, recordándole que estaba sentado allí presa de una imperiosa necesidad causada por aquella joven, y que aún tenía que encontrar la manera de satisfacerla.

—No te gusta atraer la atención hacia tu persona —dijo ella—, y por eso no vistes de manera excesivamente ostentosa. No es porque no te guste la ostentación, sino porque sabes lo apuesto que eres, y eso ya basta para atraer más atención de la que te gusta.

Christopher no pudo evitar reírse.

—¿Cómo demonios has llegado a esa conclusión?

—¿La de que sabes muy bien lo apuesto que eres? Eso cualquier espejo te lo mostrará. ¿La de que tal vez te gustaría vestir más a la moda, pero no lo haces? Veo cómo tus compañeros lucen con gran elegancia y donaire sus caras joyas, sus colores mucho más vivos, sus adornos y pelucas. Pero tú vistes menos ostentosamente y no llevas joyas, ni siquiera una cinta de terciopelo alrededor del cuello. Esperas que las miradas se posen en ellos más que en ti. Pero es una esperanza vana, porque eres un hombre sencillamente extraordinario.

Christopher se ruborizó. Estaba emocionado. La pasión le devoraba, y las palabras de la joven hicieron que el fuego de su deseo ardiera aún con mayor intensidad.

Su mano fue hacia la mejilla de la joven. No podía contenerse, tenía que tocarla. Y ella no intentó impedir que lo hiciera. Se limitó a mirarlo sin decir nada, y al ver aquel torbellino de emoción en sus ojos azules él casi olvidó que estaban sentados a la intemperie delante de su hoguera de acampada y la tomó entre sus brazos.

—Ven conmigo a casa esta noche, zíngara —dijo con voz enronquecida—. No lo lamentarás.

—¿Significa eso que tienes un sacerdote *gajo* viviendo en tu casa para que pueda darnos su bendición?

La mano de Christopher se apartó de ella y la frustración llenó su semblante.

—¿Estás diciendo que te casarías conmigo?

—Te estoy diciendo que yo también te deseo, lord inglés, pero sin las palabras del sacerdote no puedo tenerte. No puede ser más simple, ¿verdad?

—¿Simple? —casi bufó él—. Debes saber que es imposible, que la gente de mi nivel social sólo se casa con personas de su clase.

—Sí, sé muy bien cómo los nobles se dejan gobernar por las opiniones de quienes están a su altura, las cuales no les permiten obrar a su antojo. Lástima que no seas un hombre del pueblo, lord inglés. Ellos gozan de más libertad que tú.

—¿Y de qué libertad gozas tú si no puedes hacer lo que quieres? —repuso él con despecho—. ¿O acaso no acabas de decir que me deseas?

—Eso no puedo negarlo. Pero en mi caso no son las opiniones de los demás lo que me limita, sino mi propio sentido de la moral. Ya que quieres saberlo, mi gente se escandalizaría si me casara contigo. Irónicamente, no serías un compañero aceptable para mí, porque no eres uno de nosotros. ¿Me dejaría influir yo por eso? No. En estas cosas lo único que debería importar es el corazón. Pero el mío nunca me permitirá entregarme a un hombre que no pueda conservar. Tengo un concepto mucho más elevado de mí misma.

—Entonces no tenemos nada más que decirnos.

—Christopher se levantó y le lanzó unas monedas al regazo—. Por tu videncia —dijo despectivamente—. Lástima que no puedas «ver» una manera de que estemos juntos.

—Ah, pero es que sí la he visto —repuso ella con tristeza—. Lástima que no me desees lo suficiente para querer tenerme junto a ti.

15

«Lástima que no me desees lo suficiente para querer tenerme junto a ti...»

Lo más curioso era que Christopher sí la deseaba hasta ese extremo. Se dio cuenta de ello hacia el mediodía del día siguiente, cuando descubrió que no podía dejar de pensar en la joven. Pensar en ella le impidió trabajar. También ignoró groseramente a sus amigos. Anoche lo habían pasado muy bien, y su diversión incluyó obtener de las otras muchachas zíngaras aquello que le había sido negado a él. Christopher no les guardaba rencor por eso, pero el no haber tenido tanta suerte le estaba volviendo loco.

Empezó a beber a primera hora de la tarde en un intento de calmar su desilusión. No le sirvió de mucho, pero sí le facilitó decidir que tomaría por amante a la zíngara. Seguramente, eso satisfaría su estricto «sentido de la moral», ¿no?

Acababa de anochecer cuando volvió al campamento zíngaro. Esta vez no se llevó consigo a David o Walter y ni siquiera les dijo adónde iba, pues tenía intención de volver con la zíngara y, al mismo tiempo, no quería que sus amigos supieran que lo había dejado totalmente fascinado, embrujándolo hasta el punto de querer instalarla en Londres.

La joven no estaba junto a la hoguera donde la había dejado la noche anterior, pero la anciana sí estaba allí. Christopher ató su caballo cerca de ella. Nadie vino a preguntarle qué hacía allí, probablemente porque no querían saber si había venido para volver a echarlos.

—Estoy buscando a su nieta, señora —dijo sin más preámbulos.

Ella alzó la mirada hacia él, entrecerrando los ojos mientras sonreía.

—Por supuesto. Anda, siéntate aquí y dame la mano —dijo, palmeando el cojín que había junto a ella.

Christopher se sentó, pero no estuvo muy seguro de por qué le dio la mano. La anciana la sostuvo flojamente entre sus dedos nudosos, que ya no tenían fuerzas para apretarla. Sus ojos se cerraron por un momento y luego se abrieron para clavarse en los suyos. Fue la sensación más extraña imaginable, como si le estuvieran tocando el alma.

Meras imaginaciones suyas. No tendría que haber bebido tanto y tampoco hubiese debido traerse consigo una botella entera de ron, como si necesitara un poco de valor extra para pedirle a la zíngara que fuera su amante. En realidad, Christopher no estaba muy seguro de cuál sería su respuesta, y quería estar un poco borracho por si se daba el caso de que le rechazara.

—Eres un hombre muy afortunado —acabó diciéndole la anciana—. Lo que voy a darte te traerá la felicidad durante el resto de tu vida.

—¿Y qué va a darme?

—Lo sabrás en su momento —dijo ella, volviendo a sonreírle.

Más tonterías. Aquella gente vivía de hacerse la misteriosa. Christopher supuso que eso formaba parte de su atractivo, pero estaba impaciente por volver a ver a la muchacha.

—¿Dónde está su nieta?

—Le han pedido que baile. Ahora se está preparando. No tardará mucho.

Incluso un minuto más sería demasiado tiempo para él. Su impaciencia era increíble. Después de haberse obligado a permanecer alejado de ella durante todo el día, ahora que estaba allí se negaba a tener que esperar.

—Sí, pero ¿dónde se está preparando? Sólo quiero hablar con ella.

La vieja zíngara soltó una risita.

—Y hablarás con ella, pero después de que haya bailado. Si hay algo que no necesita ahora es la distracción que supondría tu presencia, porque la danza requiere de toda su concentración. Paciencia, *gajo*: tendrás lo que deseas.

—¿Sí? ¿Cuando lo que deseo es a ella?

No debía haberle dicho aquello precisamente a su abuela. Había cometido una falta de tacto realmente imperdonable. El único inconveniente de beber demasiado era que te soltaba la lengua, y él acababa de tropezar con la suya. Pero ya era demasiado tarde para retirar lo dicho. Afortunadamente, la anciana no pareció ofenderse y se limitó a asentir.

—¿Eso quiere decir que tienes a uno de tus religiosos preparados para dar su bendición? —preguntó con su marcado acento zíngaro.

¿Otra vez aquella tontería?

—Ridículo. Soy un lord inglés, señora.

—¿Y? Ella es una princesa de los zíngaros, tan noble en su tierra natal como tú en la tuya. Y si quieres que sea tuya, entonces tendrás que casarte con ella.

—Se me ha ocurrido una alternativa aceptable —repuso él estiradamente.

—¿De veras? ¿Una que le parecerá más favorable que casarse con ese zíngaro de allí, cuyo padre es nuestro *barossan* y ya ha pagado el precio nupcial por ella?

Christopher se tensó, súbitamente invadido por la rabia.

—¿Qué zíngaro?

—Ese tan guapo que está apoyado en aquel árbol de ahí, el que bailará la tanana con ella esta noche. Pocos *gajos* han tenido ocasión de asistir a esa danza. No sabes la suerte que tienes por haber venido aquí justo cuando van a bailarla, inglés.

Aquel «bailar con ella» parecía encerrar algún extraño significado que la mente embotada por el alcohol de Christopher no fue capaz de entender. Buscó con la mirada al hombre que le había señalado la anciana y vio que se apartaba del árbol. Siguiendo su dirección, vio a la muchacha que se había adueñado de sus pensamientos y contuvo el aliento ante su sensual hermosura.

Llevaba una blusa blanca que le dejaba los hombros al descubierto y cuyo profundo escote estaba ribeteado por un vaporoso encaje adornado con diminutas lentejuelas doradas. Su falda dorada relucía con un resplandor intensificado por los abalorios dorados cosidos a lo largo de su vuelo. Sus únicas joyas eran los largos pendientes que destellaban y tintineaban al menor movimiento. Un gran pañuelo blanco del tamaño de un chal, también puntuado por lentejuelas doradas, cubría su reluciente cabellera negra y caía sobre sus costados.

Toda ella resplandecía de pies a cabeza. Estaba preciosa. No se había dado cuenta de que Christopher estuviera allí. Estaba mirando al zíngaro mientras sus brazos se alzaban, dando inicio a la danza...

El joven era realmente apuesto, alto, esbelto y lleno de gracia en sus saltos y movimientos. Christopher se sintió demasiado grande y terriblemente torpe en comparación. El baile era fascinante. Por muy frenéticos que llegaran a volverse el ritmo y los movimientos, los danzarines nunca perdían el contacto ocular. Era una danza de pasión, de tentación, de dos amantes que flirtean, juegan el uno con el otro, niegan, ofrecen, prometen...

—No puede tenerla. Lo prohíbo —dijo Christopher, demostrando con ello lo borracho que estaba.

La anciana se rio de él, lo cual no tenía nada de sorprendente.

—No puedes prohibirlo, inglés. Lo único que puedes hacer es evitarlo casándote con ella.

—No puedo casarme con ella, señora.

Un prolongado suspiro.

—Pues entonces deja de pensar que puedes tenerla; disfruta de la danza y vuelve a tu casa. Por la mañana nos iremos de aquí.

Christopher no había apartado los ojos de la joven desde que apareció, y tampoco lo hizo en aquel momento. Pero las palabras de la anciana causaron un pánico inesperado que no logró controlar del todo. Se irían... ¿y ella también se iría? ¿Nunca volvería a verla? Inaceptable. Ella accedería a ser su amante. Le compraría lo que quisiera, le daría cualquier cosa... salvo una licencia matrimonial. ¿Cómo podía no acceder?

Pero por mucho que quisiera creer que el dinero resolvería aquel problema por él, no podía contar con que así fuera cuando estaba tratando con gente tan distinta de la suya. Christopher se encontraba fuera de su elemento. Sólo unos extranjeros podían pensar que bastaba con que se casara con ella, como si eso fuera lo más sencillo del mundo, ignorando el hecho de que él era un lord con título y ella sólo era una zíngara cualquiera. Claro que, pensándolo bien, no podía haber muchas zíngaras tan infinitamente hermosas y deseables como ella, pero eso no cambiaba nada. Sencillamente, no podía ser.

¿Por qué no?

La pregunta lo desconcertaba. Necesitaba otro trago. Al menos, esa necesidad era fácil de satisfacer, y Christopher sacó la botella de ron del ancho bolsillo de su levita, la descorchó y se la llevó a los labios sin apartar los ojos de la danzarina ni un solo instante.

Aquella joven era el deseo y la pasión. Bailaba como un ángel. Bailaba como una ramera. Dios, cómo la deseaba. Nunca había deseado nada con tanta intensidad. Había conseguido que volviera a sentir. Sus emociones llevaban mucho tiempo sin estar tan vivas. Tenía que poseerla. Fuera cual fuere el precio que hubiese que pagar, tenía que poseerla...

16

Se despertó con un gemido. Christopher no supo de dónde venía hasta que volvió a oírlo, y entonces se dio cuenta de que era él quien gemía. Le iba a estallar la cabeza. Tenía una resaca espantosa, y supuso que se la tenía bien merecida por habérsele ocurrido beber nada menos que ron. Normalmente, el ron no estaba presente en sus libaciones, pero ayer había querido algo fuerte y no quedaba nada más en la mansión, un descuido que rectificaría hoy mismo en cuanto se levantara.

—Puedo aliviarlo.

La voz, suave como un susurro, hablaba con un ligero acento. Christopher se volvió para averiguar a quién pertenecía. No le sorprendió ver a la joven, recostada sobre la almohada junto a él, sonriéndole. Ann, Anna, no, Anastasia, sí, ése era el nombre que por fin había logrado arrancarle en algún momento de la noche pasada, aunque no podía recordar exactamente cuándo.

—¿Aliviar el qué?

—El dolor que tienes como resultado de tus excesos de anoche.

—Oh, ¿eso? —Christopher torció el gesto cuando otra punzada de dolor le atravesó las sienes—. Olvídalo, no es nada. Si te acercas un poquito más y dejas que te abrace, el placer que sentiré hará que me olvide de mi dolorida cabeza.

Anastasia le acarició suavemente la frente.

—No hará que lo olvides, pero decir eso es muy galante por tu parte.

Aun así se le acercó un poco más, pegándose a su costado y apoyando la cabeza en su pecho. Christopher dejó escapar un suspiro de éxtasis al darse cuenta de que estaba totalmente desnuda bajo la sábana. No sabía qué había ocurrido entre ellos anoche —y ¿por qué demonios no podía recordarlo?—, pero fuera lo que fuese estaba seguro de que lo había disfrutado.

—Así que al final te diste por vencida, ¿eh? —dijo con tono de satisfacción mientras deslizaba una mano por entre los suaves mechones de su cabellera—. Sabía que lo harías, aunque que me cuelguen si recuerdo por qué.

—Insististe, ya que quieres saberlo.

—¿Insistí? Bien, pues me alegro de haberlo hecho.

Anastasia rio con un sonido aterciopelado que provocó una rápida respuesta en la entrepierna de Christopher. La facilidad con que podía hacer que la desease era realmente asombrosa.

—No recordar la mejor parte de la noche hace que me sienta... insatisfecho —le dijo con voz apenada—. Pero estoy dispuesto a repetirla para poder acordarme.

Ella alzó la cabeza para mirarlo. En sus hermosos ojos había humor, pero también ternura.

—¿Otra vez? Siento defraudarte, Cristoph, pero anoche te quedaste profundamente dormido apenas tu cabeza tocó la almohada. Ni siquiera moviste un dedo cuando te desnudé, algo que no me resultó nada fácil teniendo en cuenta lo enorme que eres y lo mucho que pesas. Podrían haber disparado un cañón en esta habitación, y no habrías...

—Sí, ya lo he entendido —gruñó él—. Maldición, ¿tanto bebí?

Ella asintió con una sonrisa.

—Cuando has bebido demasiado te pones muy gracioso. Tu voz no se vuelve pastosa, y no te tambaleas ni te cuesta moverte. No pareces estar borracho. Pero las cosas que dices... Francamente, dudo mucho que las dijeras estando sobrio.

—¿Como cuáles?

—Oh, como eso de que nunca volvería a bailar. ¡Qué tontería! Pues claro que bailaré... siempre que me lo pidas. O cuando me subiste a la grupa de tu caballo y dijiste que no me moviera de allí mientras matabas a Nikolai.

Christopher puso ojos como platos.

—No lo maté, ¿verdad?

—No: empezaste a buscar un arma en uno de tus bolsillos, te distrajiste y al final olvidaste lo que estabas buscando.

—Nunca más —dijo él torciendo el gesto—. Si alguna vez vuelvo a ver otra botella de ron, juro que...

—Sí, ya lo sé. Antes que beber de ella te la romperás en la cabeza.

—No pensaba ir tan lejos.

Anastasia volvió a reír.

—Ya lo imaginaba, pero eso es lo que dijiste anoche.

Su risa le dio nuevos ánimos. Tirando suavemente de ella, Christopher la alzó sobre su pecho hasta que su boca estuvo al alcance de la suya. Sus ojos se encontraron con los de Anastasia. Estaba seguro de que la joven reconocería el deseo en su mirada.

—Así que todavía no hemos hecho el amor —murmuró con voz ronca.

—No, ni lo haremos —repuso ella tranquilamente—. No hasta que te libres de ese espantoso dolor de cabeza que sé estás padeciendo. Cuando quiera hacer el amor contigo, Cristoph, quiero que sólo sientas placer. No exageré cuando te dije que conozco el arte de curar. Las mujeres de mi familia llevan muchas generaciones usando las hierbas con fines curativos. Será un momento.

Varias emociones distintas le asaltaron a la vez: un apasionado deseo cuando la oyó hablar de hacer el amor con él, aguda desilusión cuando la vio salir de la cama, y una súbita admiración rayana en el temor cuando contempló su desnudez.

Anastasia se comportó como si pasearse totalmente desnuda por una habitación fuese lo más normal del mundo. No mostró el menor rastro de incomodidad o vergüenza. Tampoco exhibía orgullosamente aquel cuerpo magnífico ante él, aunque no le faltaran razones para hacerlo. Se limitó a ir hasta una bolsa de tela que había traído consigo y hurgó dentro de ella hasta encontrar lo que andaba buscando, después de lo cual recorrió la habitación con la mirada hasta localizar las otras cosas que necesitaba: vasos y varias botellas de cristal tallado, una de las cuales se llenaba con agua fresca cada día.

Abrió una botella detrás de otra para husmear su contenido y después, sorprendentemente, escogió el coñac para echar un poco de licor en el vaso dentro del que había metido unas hierbas trituradas. Removiendo la mezcla con un dedo, que luego se limpió chupándolo para inmenso horror de Christopher —el efecto que eso tuvo sobre su estado de ánimo fue devastador—, volvió a la cama y le alargó el vaso.

El vaso apenas contenía un centímetro del dorado licor, enturbiado por el añadido de las hierbas, Christopher lo contempló con desconfianza.

—¿Por qué coñac en vez de agua?

—Porque la mezcla no tiene un sabor demasiado agradable, y el coñac disimula el gusto. Bébetela. Te sentirás mucho mejor dentro de unos quince minutos. El tiempo suficiente para que me dé un baño rápido.

Pensar en ella dentro de su espaciosa bañera hizo que Christopher se apresurara a engullir la poción y dejarla a un lado.

—Me reuniré contigo... si no te importa.

—No me importa —dijo ella sonriéndole—. Siempre que me prometas que tendrás las manos quietas hasta que no sientas dolor.

Christopher suspiró.

—Olvídalo. Sufriré... eh... quiero decir que te esperaré aquí.

Ella asintió, se inclinó sobre él para darle un beso en la frente y luego le habló al oído:

—La paciencia es una virtud que siempre acaba siendo recompensada, Cristoph.

Él estuvo a punto de decirle que no se llamaba Cristoph, un nombre que sonaba a extranjero, pero prefirió guardar silencio y saborear la visión de aquellos magníficos senos que tanto se habían aproximado a su boca cuando ella se inclinó sobre él. Oyó cerrarse la puerta del cuarto de baño y suspiró, pero luego no tardó mucho en empezar a tejer fantasías sobre Anastasia sola en aquella decadente estancia.

El cuarto de baño era el único lugar de la mansión que no encajaba con la decoración actual, y se había llevado una sorpresa cuando la inspeccionó por primera vez. Era como si algún puritano del siglo pasado hubiera decorado la casa y aquel cuarto de baño hubiera permanecido oculto a sus ojos, con lo que había quedado intacto. Enorme y diseñado al estilo romano antiguo, su bañera rodeada de columnas griegas e incrustada en el suelo, a la que se accedía por unos escalones de mármol, podía alojar sin dificultad a seis personas adultas. Desnudos querubines dorados formaban los grifos de la bañera y la suntuosa pileta.

Christopher se bañaría con ella en esa bañera, y lo haría antes de que partieran hacia Londres. Pensar en Londres hizo que se preguntara dónde demonios iba a alojar a Anastasia hasta que pudiera encontrar un lugar adecuado para ella. No podía confiar en que los sirvientes de su residencia en la ciudad no hablaran de ella. Aquí en el campo eso apenas tenía importancia, porque los cotilleos de la servidumbre no llegaban tan lejos. Pero en Londres sí que lo hacían, y Christopher no quería que empezara a circular el rumor de que una zíngara lo había embrujado, por mucho que así fuese.

La puerta se abrió. Anastasia volvió a entrar en la habitación tan desnuda como antes y fue directamente a la cama. Arrodillándose encima de ella, apartó la sábana y después se puso encima de él. Christopher contuvo el aliento ante su osadía mientras la joven se acomodaba sobre su ingle. La larga cabellera fue a enroscarse sobre el estómago de Christopher.

—¿Qué tal va tu dolor de cabeza? —le preguntó tranquilamente, como si no lo tuviera embelesado con sus acciones.

—¿Qué dolor de cabeza?

La respuesta hizo sonreír a Anastasia.

—¿Te arrepientes de algo, Cristoph?

Él rio y movió las caderas junto a las de ella.

—Debes estar bromeando.

Ella puso los ojos en blanco.

—Sé que puedo hacerte feliz. Sólo me preguntaba si estás contento con lo que el destino ha depositado en tus manos. Yo sí, desde luego.

Él alzó el brazo para acariciarle la mejilla.

—Me parece que no has reparado en lo mucho que ya has hecho por mí. No sabes cuánta razón tenías cuando me hablaste de lo que veías en mí. Me había convertido en un caparazón muerto, y tú me has devuelto a la vida.

La sonrisa de Anastasia se volvió radiante.

—Tú y yo nos necesitamos uno al otro. —Apoyando las manos en la cabecera de la cama por encima de sus hombros, se inclinó sobre él para hablar en un murmullo pegado a sus labios—: Oh, sí, cuánto nos necesitamos...

Él gimió y la rodeó con los brazos, tirando de ella para sentir el contacto de todo su cuerpo sobre el suyo. Y también capturó sus labios, cerrando su boca encima de la de ella en una voraz exigencia. Sintió que Anastasia se tensaba. Era demasiada pasión de golpe, pero Christopher era incapaz de ir más despacio. Era como si llevase años esperando aquel momento y a aquella mujer, y ahora que ambos eran suyos nada podría detenerlo.

Pero ella lo detuvo. Se liberó de su abrazo y, aprovechando el momento de sorpresa, le tomó el rostro entre las manos y le habló con imperiosa sequedad:

—Escúchame bien, Cristoph: no permitiré que me hagas daño porque estás tan embriagado por la pasión que no piensas en lo que haces. ¿Olvidas acaso que es la primera vez que estoy con un hombre? En otra ocasión podremos hacer esto deprisa y sin perder ni un instante, si tal es tu deseo, pero no esta vez. Esta vez deberás velar por aquello que has de romper. Estoy preparada para el dolor, pero sólo tú puedes mitigarlo. ¿O es que no te importa que sufra más de lo estrictamente necesario?

—Claro que me importa —respondió él automáticamente.

Aun así, todavía estaba tratando de asimilar sus palabras. Santo Dios, ¿cómo podía ser virgen y comportarse con aquella osadía? Pero la verdad sería descubierta en cuestión de momentos, por lo que no podía tratarse de un mero fingimiento por parte de ella.

—Para ser una virgen eres terriblemente descarada —observó sin excesivo tacto, como comprendió demasiado tarde.

Pero en vez de ofenderse, ella se echó a reír.

—Vamos a pasar el resto de nuestras vidas juntos. ¿Por qué razón iba a querer ocultarte nada? Soy tuya, Cristoph. Esconderme de ti sería una tontería por mi parte, ¿verdad?

«Soy tuya.» Sorprendentemente, aquello lo llenó de ternura. Christopher hizo que sus cuerpos rodaran encima de la cama, de tal manera que ahora era él quien se inclinaba sobre ella. La besó, esta vez delicadamente. Paladear el momento también tenía sus cosas buenas.

Anastasia sabía divinamente. Sus labios se separaron para darle la bienvenida, tirando de su lengua conforme él la exploraba lentamente. La mano de él se movió sobre un firme seno. Ella se arqueó hacia arriba, llenando toda su mano. Christopher casi rio de puro deleite. Una virgen descarada, ¿qué más podía pedir un hombre?

—Entonces cuando estés lista, ¿me lo dirás? —preguntó con voz

—Creo que... tú mismo te darás cuenta —jadeó ella.

Así sería. Él sonrió y siguió con su exploración. La piel de Anastasia era cálida, suave y sedosa. Christopher se encontró acariciándola reverentemente, maravillándose ante la perfección de sus formas, la delicada blandura y la manera en que reaccionaba a su contacto. Su miembro endurecido anhelaba estar dentro de ella, pero aun así la encontraba tan fascinante que contemplar cómo experimentaba el amor físico por primera vez lo llenó de éxtasis. Anastasia temblaba, gemía y se ofrecía a sus caricias, haciéndole sentirse como si él también estuviera experimentando el amor físico por primera vez.

Y enseguida supo cuándo estuvo lista. Christopher se aseguró de no aplastarla con su peso cuando se puso encima de ella para acomodarse entre sus muslos, y tuvo aun más cuidado al penetrarla. La barrera estaba allí tal como había afirmado ella, y al atravesarla tuvo que apretar los dientes. El gemido que escapó de los labios de Anastasia fue prolongado, pero no pasó de eso, y con un beso él la tranquilizó.

Dándole unos momentos para que se recuperara de la molestia, no siguió adelante hasta que ella empezó a devolverle el beso. Una vez reanimada su pasión, acabó de deslizarse hacia el interior de sus profundidades, lenta, exquisitamente, hasta que éstas lo hubieron acogido del todo. Sentirse envuelto por el placer de aquel delicioso calor que tan apretadamente se ceñía a su virilidad casi le hizo perder el control, pero aun así consiguió mantener a raya al éxtasis final para retirarse e iniciar un delicado vaivén que ella podría tolerar. Mas no tardó en hacerse evidente que Anastasia había dejado atrás toda necesidad de moderación, y una impetuosa embestida bastó para que los dos emprendieran el glorioso viaje hacia la culminación.

17

Christopher nunca se había dado cuenta de lo agradable que podía ser algo tan sencillo como tener abrazada a una mujer junto a él y sentir el cálido contacto de su cuerpo. Supuso que antes nunca se había tomado el tiempo necesario para descubrirlo, porque en cuanto había acabado de satisfacer sus necesidades siempre tenía prisa por dormirse o ir a ocuparse de sus asuntos. Además, antes nunca había «mantenido» a una amante, y nunca había llevado a una a su cama.

No es que hubiera tenido muchas amantes a lo largo de los años, pero esas mujeres tenían sus propias residencias, sus propias vidas independientes, y el arreglo típico con aquella clase de amantes consistía en que cada parte se limitaba exclusivamente a satisfacer a la otra durante un tiempo. No le costaban más que algún capricho caro de vez en cuando.

Anastasia, en cambio, estaría totalmente «mantenida». Christopher le proporcionaría una casa donde podría visitarla, sirvientes que la rodearían de comodidades, ropa y comida, así como cuantos caprichos pudiera tener. Iba a salirle cara. Pero no cabía duda de que Anastasia lo valía.

—Suena como si tuvieras hambre —dijo ella cuando oyeron gruñir a su estómago por tercera vez.

—Quizá sea porque la tengo —replicó lánguidamente él, sin tener ninguna prisa por levantarse—. Y ahora que lo pienso, no recuerdo haber cenado... Maldición, no me extraña que ese ron se me subiera a la cabeza de esa manera. ¿Tienes idea de qué hora es?

—Bastante tarde: mediodía, por lo menos.

Él se rio.

—¿Y a eso lo llamas tarde?

—Cuando estás acostumbrada a levantarte con el amanecer, sí, es muy tarde.

Él sonrió.

—Ahora ya nunca tendrás que volver a levantarte tan temprano.

—Da la casualidad de que me gusta el amanecer y ver salir el sol. ¿A ti no?

—Hummm. Nunca había pensado en ello... La verdad es que no recuerdo haber visto muchos amaneceres. Los crepúsculos están más acordes con mis costumbres.

—Creo que te gustará ver amanecer conmigo, Cristoph —predijo ella.

—Y yo sé que te gustarán los crepúsculos conmigo —replicó él.

—¿Y por qué no podemos disfrutar de ambos?

Christopher se irguió en la cama y la miró.

—No estarás pensando en cambiar mis costumbres, ¿verdad? ¿Y por qué insistes en llamarme Cristoph? Anoche te dije que mi nombre era Christopher, ¿no?

—Lo hiciste, y también dijiste que tus amigos te llaman Kit. Pero a mí me gusta mucho más Cristoph. Mis oídos lo encuentran mucho más lírico. Considéralo como una muestra de cariño.

—¿He de hacerlo?

Anastasia soltó una risita, rodó hasta el borde de la cama y fue a coger su ropa.

—Me parece que debemos alimentarte inmediatamente. Un estómago vacío siempre acaba poniendo de mal humor.

Él pestañeó y sonrió para sus adentros. Anastasia tenía razón, claro. No había nada de malo en que se hubiera inventado uno de esos apodos cariñosos que los amantes suelen utilizar entre ellos. Y además, cuando se movía desnuda por la habitación como lo estaba haciendo en aquellos momentos, Christopher se sentía sencillamente incapaz de ponerle peros a nada.

Se levantó para vestirse. Cuando hubo acabado y volvió a mirarla, fue para descubrir que Anastasia llevaba el mismo llamativo vestido con el que había bailado anoche, el cual atraería mucha más atención de la que él deseaba.

—¿No tienes otra cosa que ponerte? —preguntó.

—Anoche no me diste ocasión de hacer el equipaje, Cristoph. Lo único que tengo es mi bolsa, que mi abuela consiguió lanzarme antes de que tú hicieras que ese impresionante corcel tuyo huyera al galope de nuestro campamento.

Él torció el gesto al acordarse de que la noche anterior no se había comportado precisamente como un caballero.

—Hoy te llevaré allí para que recojas tus cosas, y quizá también te lleve al pueblo para que compres algo más... normal.

Aquel comentario hizo que Anastasia enarcara una ceja.

—¿Es que mis ropas no te parecen normales?

—Bueno, desde luego que lo son —dijo él adoptando un tono conciliador—. Es sólo que son... bueno...

—¿Vulgares, quizá? ¿Propias de una campesina? ¿Adecuadas únicamente para zíngaras vagabundas? —dijo ella desairada.

—No tienes por qué ofenderte, Anastasia. Tu ropa está muy bien para la vida que llevabas en los caminos, pero a partir de ahora llevarás una vida totalmente distinta. Es así de sencillo.

Anastasia seguía furiosa.

—¿Tanto va a costarte aceptar lo que soy, Cristoph?

—¿Qué eres?

—Me refiero al hecho de que soy una zíngara.

—Medio zíngara, o eso fue lo que dijiste.

—Me criaron como a una zíngara, no como a una rusa —dijo ella con un ademán de furia—. Puede que no piense o actúe exactamente igual que la mayoría de los zíngaros, pero sigo siendo una de ellos.

Christopher fue hacia ella y la rodeó con los brazos.

—No estamos teniendo nuestra primera pelea, ¿verdad?

—No la estamos teniendo.

—No, no la estamos teniendo. Lo prohíbo.

Ella se apartó para mirarlo a los ojos.

—Yo haré algunas concesiones para no complicarte en exceso la vida, y tú tienes que hacer lo mismo por mí. Los dos debemos ceder un poco de tal manera que al final podamos estar de acuerdo en todo. ¿Te parece justo?

—Tienes una forma única de ver las cosas, y me parece que no me costará mucho acostumbrarme a ella. Por el momento, ¿acordamos asaltar la cocina?

—Si es preciso hacer eso para conseguir el desayuno, desde luego que sí. —Haciéndole una reverencia, le señaló la puerta con un ampuloso ademán—. Después de ti... lord inglés.

Él puso los ojos en blanco y la empujó ante sí para darle un juguetón azote en el trasero.

—Que no se te ocurra volver a llamarme así. Cristoph me parece un nombre magnífico.

Ella rio.

—Si insistes...

18

Esperar que seguirían llevándose a la perfección
era pedirle demasiado a la vida, realmente, pero unos
cuantos días o semanas no habría sido esperar demasiado... en vez de sólo el tiempo que tardaron en ir a
la planta baja aquella mañana.

Cuando reflexionó en ello más tarde, Christopher
admitió que hubiera podido tener más tacto. Pero
no estaba acostumbrado a medir sus palabras, especialmente cuando se encontraba entre sus amigos.
Después de todo, ¿ante quién iba a querer alardear
de su espléndida adquisición sino ante sus mejores
amigos?

Walter y David eran precisamente eso, pero después Christopher desearía que no hubieran entrado
en el vestíbulo justo cuando él bajaba por la escalera
tomando a Anastasia de la mano. Los dos hombres
no pudieron evitar fijarse en ella, por supuesto, ya

que esa reluciente falda dorada suya era como un faro en la oscuridad.

—¿Qué tenemos aquí? —preguntó David contemplando a Anastasia, aunque su pregunta iba dirigida a Christopher—. Conque ahí es adonde fuiste anoche, ¿eh?

—¿La llevas de vuelta a su campamento? —supuso Walter, y luego sonrió—. Os acompañaremos.

—No exactamente —le corrigió Christopher—. La llevaré allí más tarde para que recoja sus pertenencias, pero a partir de ahora vivirá conmigo. Ha accedido a permitir que la mantenga.

—Oh, Kit... ¿Lo crees prudente? —preguntó David—. Por mucho que lo intente nunca podrá pasar por la típica amante de un noble.

En ese momento, Anastasia separó su mano de la de Christopher mediante un brusco tirón, pero con la observación de David en la cabeza, él apenas se enteró.

—¿Cómo se te ocurre decir eso? —preguntó—. Ya he tenido ocasión de disfrutar de lo «típico», David, y al igual que a ti ha dejado de interesarme en cuestión de días. Cosa que ciertamente no ocurrirá con mi Anna aquí presente. Además, no le he pedido que fuera mi amante para presentarla en sociedad, por lo que no veo qué importancia puede tener el que sea típica o única, ¿verdad?

—Esto... No es que quiera jugar a ser el portador de malas noticias, viejo amigo —observó Walter—. Pero yo diría que tu Anna se dispone a arrancarte la cabeza de los hombros...

Christopher se volvió en redondo justo a tiempo de recibir un sonoro bofetón en la mejilla y ver cómo Anastasia, sujetándose la falda con las manos, echaba a correr escaleras arriba.

—¿A qué demonios ha venido eso? —le gritó.

Pero ella no se detuvo, y un momento después Christopher oyó cerrarse ruidosamente la puerta de su dormitorio. De hecho, era probable que toda la casa lo oyera.

—Maldición —masculló.

David tosió con elegancia en su mano detrás de él, pero Walter ya se había echado a reír.

—No ha habido nada de típico en eso, desde luego. Aunque quizá te ayudaría saber, Kit, que empezó a fruncir el ceño apenas David sacó a relucir el tema de las amantes.

—Oh, claro, ahora échame la culpa de todo —gruñó David.

Haciendo caso omiso de sus amigos, Christopher subió a su dormitorio. La puerta no estaba cerrada con llave. Encontró a Anastasia metiendo dentro de su bolsa unas cuantas cosas que se habían quedado fuera.

Christopher cerró la puerta y se apoyó contra ella. No estaba furioso, pero sí ciertamente disgustado, y también bastante confuso. ¿Qué razón podía tener una amante para ponerse así por el mero hecho de que alguien hubiera dicho que era una amante?

—¿Qué cuernos crees estar haciendo? —quiso saber—. ¿Y por qué demonios me pegaste?

Anastasia se detuvo lo suficiente para mirarlo.

—Nunca te he tenido por idiota, Christopher Malory, así que ahora no finjas serlo.

—Perdóname, pero... —empezó él secamente.

—Tienes motivos sobrados para pedir perdón —le interrumpió ella—. ¡Pero no estás perdonado!

—No estaba pidiendo ser perdonado. Si he dicho algo que no debiera, que me cuelguen si sé qué era. Así pues, sería mejor que me dijeras qué es lo que tanto te ha disgustado y después quizá, sólo quizá, te pediré disculpas.

Anastasia se puso roja como la grana.

—Retiro lo dicho, *gajo*: eres idiota. —Fue hacia él—. Déjame pasar. Me voy a casa.

Él no se apartó de la puerta. La cogió de los hombros para mantenerla inmóvil delante de él, aunque se abstuvo, por muy poco, de sacudirla.

—No irás a ningún sitio hasta que no te hayas explicado. Al menos me debes eso, ¿no?

—¡Después de lo que acabas de hacer no te debo

nada! —replicó ella, con sus preciosos ojos color cobalto encendidos.

—¿Qué he hecho?

—No sólo permitiste que esos hombres me insultaran, sino que además te plantaste allí e hiciste exactamente lo mismo que ellos. ¿Cómo has podido hablar de mí de esa manera? ¿Cómo has podido?

Llegados a ese punto, él suspiró.

—Esos dos hombres son mis mejores amigos, Anastasia. ¿Acaso pensaste que no me enorgullecería de exhibirte ante ellos?

—¿Exhibirme? No soy un juguete. No me has comprado. ¡Y no soy tu amante!

—Y un cuerno que no —replicó él, pero se arrepintió—. No me digas que anoche se me olvidó preguntártelo. Por eso volví a vuestro campamento. ¿Por qué otra razón ibas a estar aquí, a menos que te lo hubiera pedido y tú hubieras aceptado?

—Oh, me lo pediste —dijo ella con un suave siseo—. Y ésta fue mi respuesta.

Lo abofeteó por segunda vez. En esta ocasión el rostro de Christopher enrojeció, y no sólo por la bofetada. Ahora sí que estaba realmente enfadado.

—No vuelvas a pegarme, Anna. Suponer que habías accedido a ser mi amante era la conclusión más lógica por mi parte, sobre todo si tenemos en cuenta que al despertar te encontré desnuda en mi cama. Maldita sea, pero si tú misma dijiste que habías accedido. Recuerdo con toda claridad habértelo oído decir esta mañana. ¿A qué demonios accediste, si no fue a eso?

—Bastaría con que recordaras cuál te dije que era la única forma de que fuese tuya y tendrías tu respuesta. ¡No soy tu amante, soy tu esposa!

—¡Y un cuerno!

Perplejo como estaba, no trató de detenerla. Christopher no podía creer que, borracho o no, hubiera sido capaz de pasar por alto hasta tal punto las reglas de su clase social. Un marqués no se casaba con una zíngara vulgar y corriente, bueno, no tan vulgar y corriente después de todo, pero aun así una zíngara, bueno, medio zíngara, pero aun así... Sencillamente, eso no se hacía y punto.

Obviamente, estaba mintiendo. Era un ardid para convencerlo de que había creído casarse con ella, y si había podido salirse con la suya era únicamente gracias a que anoche él estaba tan bebido que no podía acordarse de lo que hizo. Su desfachatez era realmente increíble, sobre todo porque a él le bastaría con exigir alguna clase de prueba para que ella tuviera que confesar que había mentido. Christopher la tenía por más inteligente, y no entendía cómo había podido llegar a creer que se saldría con la suya. Una parte de la rabia que estaba experimentando nacía de que le hubiese defraudado.

Fue tras ella. Anastasia ya había salido de la casa, y Christopher apenas alcanzó a entrever aquella reluciente falda dorada desapareciendo en el bosque. Pero la joven ya estaba demasiado lejos para que pudiera alcanzarla a pie, por lo que se dirigió corriendo a su establo.

Anastasia aún estaba a medio camino de su campamento cuando Christopher llegó, deteniendo su corcel tan bruscamente que éste se encabritó, un poco por delante de ella. La joven siguió andando como si él y la montura no estuvieran allí, limitándose a dar un pequeño rodeo. Después bastó con volver a colocar el caballo delante de ella un par de veces para que Anastasia acabara entendiendo la idea y se detuviera.

Christopher extendió una mano hacia ella para subirla a la grupa. Cuando vio que Anastasia se limitaba a contemplar su mano sin hacer ademán de tomarla, decidió explicarse:

—Anoche te saqué de tu campamento y hoy te devolveré a él. Es lo que se espera de un caballero.

Ella resopló.

—Muy cómodo, eso de comportarse como un caballero únicamente cuando te conviene.

La seriedad del insulto hizo que Christopher decidiera replicarle de la misma guisa.

—No esperaba que una zíngara comprendiera las sutilezas de la nobleza.

Anastasia lo miró con una ceja enarcada.

—¿Eso es una forma rebuscada de decir que las sutilezas de la cortesía quedan más allá de la comprensión de la nobleza?

Él parpadeó.

—Perdóname, pero...

—No te molestes. Ya te he dicho que no serás perdonado, ¿verdad?

Él apretó los dientes.

—¡Pronunciar la palabra «perdóname» en ese tono indica que estás pidiendo una explicación, no que estés pidiendo ser perdonado!

—¿De veras? ¿Cuándo un simple «qué» habría bastado para hacerse entender sin causar ninguna confusión? Supongo que será otra de esas delicadas «sutilezas» que sólo la nobleza puede comprender, ¿verdad?

—No te hagas la tonta, Anastasia —dijo él con voz cansada y los ojos en blanco.

—Y tú no te hagas el idiota, lord inglés —repuso ella, imitando su tono y añadiéndole un suspiro—. ¿O es que todavía no has entendido que no tengo nada más que decirte?

Él se envaró.

—Muy bien. Pero antes de que cada uno siga su camino, me gustaría saber cómo pensabas convencerme de que me había casado contigo.

—¿Convencerte? —replicó ella con una áspera carcajada—. A menos que anoche consiguieras perderlo, en el bolsillo de tu levita probablemente habrá un papel con nuestras firmas. Pero si ya no está allí, siempre puedes preguntárselo al reverendo Biggs: creo que ése fue el nombre que dio. Amenazaste con matarlo a palos si no nos casaba, y el pobre hombre te hizo caso. Así que haz lo que sea preciso para descasarnos. No habrá ninguna necesidad de informarme en cuanto todo haya quedado arreglado, ya que no me cabe duda de que te ocuparás de ello inmediatamente.

Anastasia pudo volver a irse porque, una vez más, lo había dejado sin habla.

19

No iba a llorar. Christopher Malory era una bestia insensible, un asqueroso arrogante y, como hubiera podido decir él, un «condenado» esnob. Pero Anastasia no iba a llorar. Ella había visto su confusión y quiso ayudarlo. Había visto su dolor y quiso curarlo. Había visto su vacío y quiso llenarlo con felicidad. Pero no había visto que él pudiera ser tan estúpido como para anteponer las opiniones de los demás a sus propias necesidades. No había visto que fuera capaz de sacrificar su propia felicidad porque «eso no se hace».

No entendía cómo podía haber estado tan equivocada acerca de él y, peor aún, cómo había podido dejarse llevar por sus propias emociones. Se suponía que su corazón no debía estar tan involucrado... todavía. El hecho de que él no pudiera soportar la idea de estar casado con ella no hubiese tenido que dolerle tanto, no cuando Anastasia había sabido desde el principio que él pensaba de esa manera... cuando no estaba borracho. Borracho se dejaba guiar por su corazón. Borracho nada se interponía entre él y lo que quería, y ciertamente menos su ridículo «eso no se hace».

Entró en el campamento sin ver por dónde iba, con la mente demasiado ofuscada para darse cuenta de que Nicolai estaba allí hasta que la cogió del brazo y, con un doloroso tirón, la obligó a encararse con él. Sus dedos le dejarían marcas. Cada vez que la tocaba, Anastasia siempre acababa llena de moraduras.

—¿Dónde has pasado la noche? —le preguntó.

Ella hubiese debido mentirle, ya que parecía estar furioso, pero en semejante estado de confusión, fue el desafío quien alzó su fea cabeza.

—Con mi esposo —respondió alzando la barbilla.

El bofetón no tuvo nada de inesperado. Incluso su brutalidad, que la tiró al suelo, era meramente típica de Nicolai. Anastasia se apartó los cabellos de la cara y lo fulminó con la mirada.

—Quizá no me has oído bien, Nico. Estuve con mi esposo, el *gajo* con el que me casé anoche, el *gajo* que hará que des con tus huesos en una prisión inglesa si vuelves a ponerme las manos encima.

Nicolai pareció vacilar, que era justo la reacción

que ella había esperado provocar. Incluso palideció levemente ante la mención de la cárcel, dado que la mayoría de zíngaros preferirían morir antes que pasar aunque sólo fuese un día encerrados. Pero no acababa de creerla, y tenía buenas razones para ello.

—¡Estás prometida conmigo! —le recordó—. No te atreverás a casarte con otro.

—Estoy prometida contigo, pero ese compromiso no fue obra mía. Nunca te escogí, Nico, y nunca hubiese accedido a casarme contigo. Antes habría escogido a cualquier otro hombre, porque ambos sabemos que te odio. Pero escogí por amor, sí, por amor, ¡un concepto del que no sabes nada!

Nicolai hubiera vuelto a golpearla de no ser porque Anastasia yacía en el suelo. Y habían atraído un público que, pese a mantenerse alejado, incluía a casi todos los ocupantes del campamento, incluidos el padre de Nicolai y María, la cual estaba yendo hacia ellos todo lo deprisa que le permitían sus viejos huesos. Normalmente la anciana no asistía a los enfrentamientos entre Anastasia y Nicolai. Éste la había puesto furiosa.

Nicolai la vio venir y se envaró. No había ni uno solo entre ellos, ni siquiera su padre, que no temiera un poco a María. Sus predicciones eran demasiado certeras, al igual que sus maldiciones. Y además ella era su suerte. La suerte garantizada es algo con lo que nadie juega.

Pero Nicolai estaba tan furioso que no se paró a pensar en ello ni un instante, y alzó una mano para detenerla.

—Esto no es asunto tuyo, vieja.

La respuesta de María consistió en arrojarle varias monedas de oro. Cada una le dio de lleno, cada una chocó con una parte distinta de su cuerpo y cada una le dolió bastante más de lo que hubiese debido hacerlo, teniendo en cuenta que habían sido lanzadas por un brazo tan débil.

—Aquí tienes tu precio nupcial —siseó María despectivamente—. Ahora mi nieta ya no es nada para ti. Ha pasado a ser una extraña y como a tal la tratarás, manteniendo los ojos y las manos bien lejos de ella.

—¡No puedes hacer esto! —gruñó él.

—Ya está hecho. Aunque ella te quisiera, no permitiría que fuese tuya. No eres digno de tener ni un perro, y mucho menos una mujer. Compadezco a tu padre por tener un hijo como tú.

—Eres demasiado dura, María —balbuceó Iván, deteniéndose junto a ellos—. Comprendo que la ira te haga decir esas cosas, pero...

—No es la ira lo que me hace decirlas, Iván, porque no es más que la triste verdad —le interrumpió ella—. Nadie más se atreve a decírtela a la cara, pero yo sí. Los que están a punto de morir no conocen el miedo.

Antes de reunirse con ellos, Iván ya había oído lo suficiente para palidecer ante el significado de aquellas últimas palabras.

—¡No! No podemos perderos a las dos.

—Esta vez no tienes elección. No puedes retener a Anna con vosotros cuando su corazón la lleva a otro lugar. Tratar de hacerlo no te reportaría ningún beneficio, y sólo os traería la ruina. Pero no culpes de esto a nadie más que a ti mismo, Iván. Si hubieras educado mejor a Nicolai y hubieras reprimido su tendencia a la crueldad, entonces Anna quizás habría llegado a amarlo, en vez de odiarlo.

Iván ya estaba empezando a enrojecer, pero no podía tratar de negar tan brutales verdades cuando Nicolai era una auténtica decepción para él. Pero lo que estaba en juego ahora era su buena fortuna, ese increíblemente prolongado reinado de la suerte que no soportaba ver llegar a su fin.

—¿Es que no significa nada para ti que siempre hayamos cuidado de los Stefanov y que siempre hayáis tenido un hogar entre nosotros? —replicó, intentando usar la culpa para llegar a ella—. ¿Qué ha sido de tu lealtad?

—¿Lealtad? —se burló María—. Tú perdiste la

mía hace años cuando me amenazaste al ver que mi hija había decidido marcharse, Iván. ¿O acaso pensabas que esta vieja podría llegar a olvidarlo? Lo que has tenido desde entonces es mera apatía por mi parte, dado que no había ninguna otra banda a la que quisiera unirme. Pero ahora volvemos a estar en la encrucijada: alguien de mi sangre necesita seguir su propio camino, y nadie se lo impedirá.

—María...

—¡No! —le interrumpió secamente ella—. No hay nada más que decir, salvo esto: he dedicado toda mi vida a servirte a ti y a los tuyos, pero eso se acabó. Si no quieres que muera con una maldición en los labios que te seguirá hasta el fin de tus días, le dirás adiós a mi nieta y le desearás que sea feliz en el camino que ha escogido. La buena fortuna seguirá siendo tuya mientras seas lo bastante sensato para no interferir.

De esa manera, Iván tendría el consuelo de salvar su orgullo y poder marcharse con dignidad. Eso fue lo que hizo, dirigiendo una seca inclinación de cabeza a la anciana primero y a su nieta después. Pero su hijo nunca había sabido lo que era la dignidad, por lo que no tuvo nada de sorprendente que escupiera en el suelo junto a los pies de María antes de irse.

Anastasia se había levantado en cuanto vio llegar a María, y le pasó el brazo por los hombros para ayudarla a volver a su carro. Ahora que la confrontación había terminado, podía sentir su debilidad y oír cuánto le costaba respirar.

—Te has esforzado demasiado —la riñó—. Creía que habíamos acordado que yo me ocuparía de esto.

—¿Serías capaz de negarme mi último gran enfado?

Anastasia suspiró.

—No, claro que no. Espero que al menos lo disfrutaras.

—Inmensamente, niña, inmensamente. Bueno, ¿y dónde está ese esposo tuyo? ¿Por qué no está aquí contigo?

Y entonces, al pensar en lo que debía responderle, Anastasia se echó a llorar.

20

Aún no era mediodía, pero Anastasia ya había acostado a su abuela. Dentro de María quedaba muy poca esencia vital. Anastasia no pudo sentir ni un hálito de ella mientras permanecía sentada junto a la cama sosteniendo su fría mano.

Aquello era el velatorio de una muerte, y la joven lo sabía. Sir William lo compartió con ella, de pie en silencio con la mano sobre su hombro. Era todo lo que Anastasia podía hacer para asegurarle a María que saldría adelante, cuando en realidad no tenía ni idea de si sería así. No obstante, aún había un tema que explicar.

—No se considera responsable de lo que hizo anoche mientras estaba borracho —respondió a la pregunta de por qué el marqués no estaba allí con ella—. Pensaba que yo había accedido a ser su amante, y estaba encantado con la perspectiva. Se negó a creer que en vez de eso se había casado conmigo. En realidad, pensaba que yo le mentiría acerca de algo semejante.

—¿Y tú piensas que en realidad no quería tenerte? —preguntó María—. Después de haberle conocido, sé que no es así.

—Quiere que sea suya, sólo que no en calidad de esposa. Al parecer apunté demasiado alto al pensar que alguien como él podía ser mío. La próxima vez seré más juiciosa.

—¿La próxima vez? —María rio suavemente—. No habrá próxima vez.

Anastasia malinterpretó sus palabras.

—Entonces seguiré sin tener un esposo. Me da igual —dijo, intentando tranquilizar a María—. El lord inglés ya ha servido a mi propósito. Gracias a él ya no estoy prometida con Nicolai, y doy gracias por eso.

La anciana sonrió.

—Tienes un esposo. Y lo conservarás.

—Ya no quiero a ese hombre —insistió Anastasia, aunque nunca se le había dado demasiado bien mentir, y en particular a María, que sabía ver con tanta facilidad a través de las mentiras.

—Sí que le quieres.

—No, abuela, de veras. Y además, en cuanto él disponga de alguna prueba de que nos casamos, aparte de mi palabra, en la que se negó a creer, hará que el matrimonio quede disuelto en un abrir y cerrar de ojos.

—No lo hará.

Anastasia suspiró, pero después soltó una risita.

—Muy bien. Me parece que tienes buenas razones para estar tan segura. ¿Por qué dices que no se divorciará de mí?

—Porque le mostraste la luz, hija de mi corazón. No volverá a la oscuridad en la que vivía antes de conocerte. No es tan tonto, aunque en este momento a ti pueda parecerte lo contrario. Quizá tarde un poco en comprenderlo. Lo único que debes hacer es esperar, y estar lista para perdonarle cuando haya recapacitado.

—O darle un empujoncito para que no tarde tanto en comprenderlo —sugirió sir William.

Anastasia se volvió hacia él, sorprendida por la inesperada observación del inglés.

—Nunca se me ocurriría pedirte que hablaras con él, William.

—Y yo nunca me atrevería a tanto —repuso él con sus envarados modales ingleses—. Después de todo, él es un marqués mientras que yo sólo soy un humilde caballero.

—¿Y entonces qué hay que hacer para ayudar a un marqués a entender lo que le conviene? —quiso saber María.

—Podría llevar a Anastasia a Londres, vestirla

con hermosos trajes y presentarla como mi sobrina —les explicó William con una sonrisa de conspirador—. Eso le demostraría a ese joven cachorro que en última instancia las apariencias y los orígenes no significan gran cosa, y que la felicidad es lo único que realmente importa.

—¿Harías eso por nosotras?

—Yo haría cualquier cosa por ti, María —murmuró William.

María le cogió la mano y se la llevó a su reseca mejilla.

—Quizá decida ignorar las atenciones de todos esos apuestos y jóvenes ángeles después de todo, *gajo*.

William le sonrió.

—Y si se te olvida, yo te los quitaré de encima en cuanto llegue allí.

María intentó sonreír. Sus ojos se cerraron lentamente después de que la luz se hubiera apagado en ellos.

—Entonces la dejo a tu cuidado —dijo, y su voz ya sólo era un susurro—. Guarda bien este tesoro mío. Y gracias... por dejarme ir en paz.

Su respiración se detuvo, al igual que los latidos de su corazón. Anastasia la contempló en silencio, perpleja y aturdida, pero por dentro gemía y aullaba. Su abuela había muerto.

—María no querría que lloraras, muchacha, pero a veces llorar es la única manera de librarse del dolor.

Las palabras fueron pronunciadas con bondadosa dulzura y voz entrecortada, porque William también lloraba en silencio. Y sin embargo, tenía razón en ambas cosas. María no hubiese querido que ninguno de los dos la llorara, y así se lo había dicho.

Anastasia empezó a llorar, no por su abuela, que había encontrado la paz y por fin estaba libre del dolor, y que en realidad no hubiese querido que nadie derramara lágrimas por ella después de haber vivido una vida tan rica, sino por su propia soledad...

Sir William la ayudó a cavar la tumba. Anastasia había recibido muchas ofertas de los hombres más fuertes para ello, pero rechazó cualquier ayuda que no fuese la del inglés. Los demás habían respetado a María y le tenían miedo, pero no la habían amado.

Siguiendo la costumbre, todo lo que había poseído María fue quemado con ella o destruido. Incluso el viejo carro fue incendiado. Pero Anastasia desafió la tradición zíngara en dos cosas. Dejó marchar a los caballos de María, en vez de sacrificarlos como se hacía siempre que tenían la seguridad de que las autoridades legales no interferirían. Y conservó el anillo que su primer esposo le había dado.

«El primero fue al que más amé —le había dicho

María más de una vez cuando estaban sentadas delante del fuego durante la noche y le hablaba de los muchos hombres a los que había conocido y con los que se había casado a lo largo de los años—. También me dio a tu madre.»

El anillo valía muy poco. En realidad, sólo era una pieza de bisutería barata, pero sus abuelos lo habían valorado mucho, y sólo por esa razón Anastasia lo conservaría.

William quería ir a Havers a encargar una lápida para la tumba. Anastasia tuvo que explicarle los últimos deseos de su abuela al respecto.

«Mi cuerpo descansará aquí y mi recuerdo descansará contigo, niña —le había dicho María la misma noche en que le confesó que se estaba muriendo—. Pero en cuanto a mi nombre, eso deseo quedármelo para mí. Si he de descansar aquí, en vez de hacerlo en mi tierra natal, que no haya ninguna evidencia de ello.»

—Algún día pondré una lápida en este lugar —le dijo Anastasia a sir William—, pero no llevará su nombre.

Esa noche todos los hombres y mujeres del campamento pusieron comida sobre la tumba. La familia del difunto tenía el deber de hacerlo. Se sabía de casos en que el muerto había vuelto de la tumba para echar en cara a su familia el que no lo hubiera hecho, o al menos eso aseguraban las historias que se contaban alrededor de las hogueras. Aquello no era responsabilidad de los amigos o los simples conocidos, únicamente de los miembros de la familia. Aun así, cada hombre y mujer de la banda honró a María de esa manera.

21

—¡Esto va a ser divertidísimo! Nunca podremos agradecerte lo suficiente el que hayas pensado en nosotras y nos dejes compartir esta empresa tuya, Will.

Sir William se ruborizó y farfulló algo que hizo que las tres ancianas rieran entre dientes. Anastasia, que las miraba, disimuló una sonrisa.

Había oído hablar mucho de aquellas damas durante el viaje a Londres. Eran unas amigas muy queridas de William a las que éste conocía desde la infancia. Tenían más o menos su edad y aún mantenían una gran actividad social. Sus hermanas por elección, las había llamado cariñosamente, y al parecer ellas sentían lo mismo por él.

Victoria Siddons era viuda por cuarta vez: su último esposo le había dejado considerables riquezas y un título muy respetable, por lo que durante muchos años había sido una de las anfitrionas más destacadas de Londres, y todavía lo era. Organizaba recepciones con bastante frecuencia, y las invitaciones para asistir a ellas siempre eran muy codiciadas.

Rachel Besborough también era viuda, aunque no tan contumaz como Victoria, ya que llevaba casi cincuenta años casada con el mismo marqués cuando éste falleció. Tenía una gran familia entre hijos y descendientes, pero ninguno de ellos vivía en su mansión, por lo que pasaba la mayor parte del tiempo como invitada en casa de alguna de sus amistades.

Elizabeth Jennings, que nunca se había casado, muy probablemente fuese la «solterona» más vieja de Londres, o al menos eso afirmaba de sí misma entre risitas. No es que pareciese importarle. Era la hermana mayor de Rachel, por lo que nunca le había faltado una gran familia a la cual mimar.

Aquella mañana se habían reunido en la espaciosa sala de la casa que lady Victoria tenía en Bennet Street, donde William y Anastasia se alojaban desde que llegaron a Londres hacía dos semanas. Anastasia estaba subida a una silla, sometiéndose a la segunda y, esperaban, última sesión de prueba a cargo de la costurera personal de Victoria, después de que el guardarropa de trajes elegantes que le había prometido William ya casi estuviera terminado.

Aquellos vestidos eran lo único que les faltaba a

las damas para «lanzar» a Anastasia dentro de la sociedad londinense. Lady Rachel llevaba un registro escrito al día de todos los sitios elegantes en los que Anastasia necesitaba «ser vista». Lady Elizabeth había redactado su propia lista de cotillas famosas, a las cuales ya había empezado a visitar.

—No hay nada como preparar el escenario por adelantado —había dicho al volver de su primera visita de cotilleo—. Lady Bascomb ya se muere de ganas de conocerte, querida, y mañana la mayor parte de sus amistades también se morirá de ganas de hacerlo. Os juro que lady Bascomb es capaz de visitar a cuarenta miembros de la alta sociedad en un solo día. No me preguntéis cómo, pero puede hacerlo.

Habían decidido que un poco de confusión era justo lo que necesitaban para despertar curiosidad, por lo que cada cotilla a la que Elizabeth iba a visitar escuchaba una versión totalmente distinta de la historia de Anastasia. Siendo su supuesta madre la hermana pequeña de William, que en realidad se había fugado de casa siendo muy joven y nunca había regresado a Inglaterra, cualquiera de los pasados que crearan para ella resultaría completamente plausible.

De hecho, una noche las tres damas se quedaron levantadas hasta muy tarde y lo pasaron en grande diseñando unos cuantos escenarios francamente descabellados, que iban desde que Anastasia era hija de un heredero ilegítimo a un trono de la Europa del Este hasta el de que era hija de un rico tratante de esclavos turco pasando por el de que, y allí no habían faltado a la verdad, su padre era un príncipe ruso. Todo aquello fue confiado, naturalmente siempre en el más absoluto secreto, a las muchas cotillas famosas de la lista de Elizabeth.

William tenía que averiguar cuándo llegaría el marqués a Londres y los sitios que solía frecuentar. Después de todo, el plan había sido urdido en beneficio suyo, y no surtiría mucho efecto si los rumores no llegaban a sus oídos, o si no tenía ocasión de ver a Anastasia ataviada con sus nuevas galas.

En cuanto hubieron preparado la escena, las invitaciones no tardaron en llegar. Gracias al talento de Elizabeth para esparcir rumores, Anastasia ya estaba siendo muy solicitada por todas las anfitrionas de la ciudad a pesar de que aún tuviera que hacer su primera aparición «pública». Ésta, no obstante, tendría lugar en el baile de disfraces que lady Victoria había planeado para el próximo fin de semana.

Christopher no recibiría una invitación para aquel baile. Faltaba por ver si aparecería de todas maneras para declarar que Anastasia era una impostora, meramente para averiguar qué andaba tramando, o para reclamarla como su esposa. Todo era posible, y ésa era la razón por la que las damas estaban tan nerviosas. Podían poner en marcha los acontecimientos, pero no podían prever el desenlace.

La actividad y la meticulosa planificación ayudaron a Anastasia a superar los peores momentos de su pena. Y no sólo tenía que enfrentarse a la pérdida de su abuela y su «esposo por una noche», sino también a la de los zíngaros, la gente con la que había crecido, gente que le importaba y para la que había sido importante. Se había despedido de todos ellos, aunque no esperaba que fuese para siempre. Los zíngaros nunca se separaban para siempre salvo en la muerte. Siempre esperaban volver a ver a sus antiguas amistades y conocidos durante el curso de sus viajes.

El día del baile de disfraces llegó por fin. Anastasia empezó a sentir cierta expectación, a pesar de que no esperaba ver a Christopher aquella noche, ya que había sido excluido deliberadamente de la lista de invitados. Después de todo, tenían que mantener cierta discrección en lo que estaban haciendo. El propósito de todo el plan era despertar su interés, hacer que lamentara haberla perdido, conseguir que deseara recuperarla y facilitarle pasar por alto el hecho de que «eso no se hacía» mostrándole cómo se hacía, y para ello tenían que mentir.

Irónicamente, la primera impresión que Anastasia ofreció a su sociedad de rígidas reglas no pudo ser más fiel a la realidad, porque el traje que llevaba no era ningún disfraz sino su propia ropa, el traje dorado que se ponía para bailar. Para los asistentes al baile, que esperaban ávidamente el momento de conocerla, iba disfrazada de zíngara, y les encantó. Anastasia obtuvo un éxito resonante.

Aunque había insistido en iniciar su «farsa» con la verdad, o con algo lo más aproximado posible a ella, Anastasia siguió rehuyendo la mayoría de las preguntas. El «misterio» es vital, le habían recordado repetidamente sus nuevas amigas mientras la preparaban para aquel debut. «Que sigan preguntándose quién eres realmente. Nunca reveles la verdad, salvo bromeando.»

Cosa que no le resultaría nada difícil. Después de todo, los zíngaros eran maestros del misterio y el disimulo y, aunque rara vez hubiera utilizado aquellos talentos hasta ahora, Anastasia había sido educada desde pequeña en los secretos de ese arte.

La velada transcurrió espléndidamente bien, sobrepasando las expectativas de sus amigas: hubo tres propuestas sinceras de matrimonio, si bien un tanto impulsivas; ocho propuestas de naturaleza más dudosa; un joven que hizo el ridículo más espantoso cuando cayó de rodillas ante ella entre las parejas que bailaban, para declarársele a voz en grito; y dos caballeros que acabaron llegando a las manos mientras intentaban atraer su atención.

Christopher no apareció. Aunque su presencia en Londres había sido confirmada, no podían tener la certeza de que ya hubiera oído hablar de ella. Pero al día siguiente una nueva serie de rumores empezaría a circular por la ciudad. Christopher acabaría oyendo hablar de ella tarde o temprano. Sólo era cuestión de tiempo...

22

Ahora que había vuelto a Londres, Christopher se sentía incapaz de reintegrarse a la vida normal. Despachó sus asuntos en Haverston a toda prisa, y después dejó atónito a su administrador cuando lo despidió. Aun así, no había hecho nada para encontrar uno nuevo. En realidad, lo único que hacía era contemplar un montón de fuegos encendidos en chimeneas mientras analizaba las cosas que hubiera o no hubiera debido hacer acerca de Anastasia Stefanov.

No podía quitársela de la cabeza. Ya casi habían transcurrido dos semanas desde que la vio por última vez, pero aún podía imaginársela con tanta claridad como si la tuviera delante. Desnuda, furiosa, debajo de él en la cama, aquellas imágenes le acosaban como fantasmas vengativos que se negaban a esfumarse.

Había vuelto a su campamento. Juró que no lo haría y sabía que volver a verla no serviría de nada dadas las circunstancias, pero dos días después de su separación definitiva, volvió allí. No tenía nada claro qué le hubiese dicho, pero no tuvo ocasión de averiguarlo.

Los zíngaros se habían ido. Christopher no se esperaba eso, y al principio no pudo creer que se hubieran marchado. La rabia siguió al asombro, y su furia llegó a tales extremos que durante un rato estuvo firmemente decidido a enviar la ley tras ellos. Después de todo le habían prometido que su propiedad quedaría tal como la encontraron, pero habían dejado tras de sí una tumba, así como un montículo de metal y madera calcinado que indicaba que uno de sus carros había sido incendiado.

Mas cuando entró en Havers para ir en busca del sheriff, su rabia ya se había disipado. La responsable de ello fue la súbita comprensión de que la abuela de Anastasia podía estar enterrada en aquella tumba. Y de ser así, entonces Anastasia debía estar destrozada. Curiosamente, de pronto Christopher sólo quiso consolarla. Pero antes tenía que encontrarla.

Intentó hacerlo, para lo cual envió mensajeros a los pueblos más próximos. Por mucho que costara creerlo, los mensajeros no encontraron ni rastro de los zíngaros. Se habían esfumado por completo. Y fue entonces cuando empezó a sospechar que quizá nunca volvería a verla.

Estaba contemplando el fuego en la sala de Haverston cuando lo sospechó por primera vez, y un instante después su puño ya había dejado un agujero en la pared junto al dintel de la chimenea. Walter y David, que estaban allí para presenciarlo, fueron lo bastante prudentes para no decir palabra, aunque intercambiaron una rápida mirada.

Al día siguiente, los tres volvieron a Londres, donde sus amigos se apresuraron a abandonarlo con su mal humor. Christopher apenas se dio cuenta de su ausencia, tan poca era la atención que había prestado a sus atenciones.

Pero durante el fin de semana tenían la costumbre de recorrer uno o más de los muchos jardines recreativos o espacios al aire libre de Londres, siempre que no tuvieran ningún compromiso específico al que atender, por lo que el primer fin de semana después de que hubieran vuelto a Londres, David y Walter comparecieron en la casa de Christopher para hacer otro intento de recuperar al «viejo» Kit.

A algunos de dichos jardines sólo se podía llegar por vía fluvial mediante una embarcación, ya que carecían de acceso terrestre. Los jardines eran tan populares que muchos londinenses disponían de una barca para visitarlos en compañía de sus amistades. David se encargó de hacer los honores dentro de su grupo, por la sola razón de que tenía una propiedad contigua al río en la que se podía atracar una barca.

Los jardines eran un excelente centro de entretenimiento, y no sólo para la aristocracia, sino para todo Londres. Algunos, como el New Wells, cerca del Balneario de Londres, incluso alojaban animales exóticos, como serpientes de cascabel o ardillas voladoras importadas, lo cual los convertía en una especie de jardines zoológicos. Algunos contaban con teatros. La mayoría disponían de restaurantes, cafeterías o casas de té, arboledas, senderos, vendedores, música y baile, cobertizos y locales para los jugadores.

Los jardines más antiguos, Cuper's, Marylebone Gardens, Ranelagh y Vauxhall Gardens, eran famosos por sus conciertos nocturnos, mascaradas y las variadas iluminaciones que tan hermosos los hacían de noche, y la mayoría de los nuevos eran meras imitaciones de aquellos cuatro.

Para aquella noche, Walter sugirió la Casa del Entretenimiento de Pacras Wells, en el norte de Londres. Christopher se mostró de acuerdo, aunque no hubiera podido decir por qué, ya que sencillamente le daba igual adónde fueran. Al llegar, sin embargo, no se dirigieron a los espectáculos, sino que fueron directamente a la Sala de las Bombas, donde sus amigos insistieron en que probara sus «aguas», que se afirmaba eran un poderoso antídoto contra el mal de los vapores y también resultaban muy efectivas contra las piedras y arenillas, limpiaban el cuerpo y purificaban la sangre.

Christopher casi se echó a reír. Sus amigos estaban obviamente decididos a probar cualquier cosa con tal de sacarlo de la melancolía en que se había sumido. No creía en las aguas minerales naturales, pero para complacer a sus amigos se bebió una botella y cogió unas cuantas más para llevárselas a casa.

Al salir de la Sala de las Bombas se tropezaron con un grupo de conocidos, cinco en total, que a diferencia de ellos habían ido allí para disfrutar de las atracciones y espectáculos. Dos de los jóvenes tenían una gran fama de bromistas y chistosos, por lo que David sugirió que se unieran al grupo, con la esperanza de que consiguieran arrancarle una sonrisa a Christopher, algo en lo que él y Walter habían fracasado.

David no podía saber que aquello empeoraría las cosas, y eso fue exactamente lo que ocurrió. Todo porque uno de los jóvenes, Adam Sheffield, estaba de bastante mal humor, pero a diferencia de Christopher, no se recataba en pregonarlo ruidosamente ante sus amistades. La razón quedó revelada casi de inmediato.

—¿Cómo se supone que voy a conocerla si no

puedo acercarme a ella? Esa vieja cacatúa siempre ha sido muy selectiva en relación a sus acontecimientos, os lo aseguro.

—Ojalá sólo fueran las fiestas, viejo amigo. Por si no lo sabías, también es muy selectiva a la hora de dejarte entrar en su casa. Con fiesta o sin ella, no puedes limitarte a llamar a la puerta de lady Siddons. Tienes que conocerla, o ir con alguien que la conozca.

—Como si lady Siddons no conociera a prácticamente todo el mundo, con lo vieja que es.

—Deberíamos habernos colado en esa estúpida fiesta suya —dijo otro de ellos—. He oído decir que era un baile de disfraces. Nadie se hubiera dado cuenta de que había unos cuantos Panes y Cupidos de más correteando por ahí, ¿verdad?

—¿Piensas que no lo intenté? —le dijo Adam a su amigo—. ¿Por qué crees que tardé tanto en reunirme contigo? Pero en la puerta había un criado que no sólo contaba a los invitados, sino que además te pedía el nombre.

—He oído decir que su padre era un famoso torero —dijo otro miembro del grupo, con lo que consiguió que los demás contribuyeran a la discusión.

—¿Un qué?

—Ya sabes, esos españoles que se ponen delante de un...

—No puedes estar más equivocado —se le dijo con una alegre carcajada—. Es hija del rey de Bulgaria.

—Es la primera vez que lo oigo decir.

—Como si eso importara...

—Los dos estáis equivocados. Su padre no es rey, sino príncipe, y de cierto país en el que todos los apellidos terminan en «ov», que quiere decir «hijo de».

—Da igual quién sea su padre —observó alguien más—. Lo importante es que su madre tuviera sangre inglesa, cosa que sé de buena fuente, dado que era hermana de sir William Thompson.

—Así que la jovencita es la sobrina de Thompson, ¿eh?

—Sí.

—Bueno, entonces eso explica por qué lady Siddons la ha tomado bajo su protección. Sir William es vecino suyo desde hace varios siglos.

—No son tan viejos, bobo. Y además, ¿cómo ibas a saberlo? Tú no te mueves en esos círculos.

—No, pero mi madre sí. ¿Quién crees que me dijo que Anastasia Stefanov iba a ser la sensación de la temporada? Mi madre prácticamente me ordenó que pujara por ella.

—¿Cuando nadie la ha conocido aún? ¿Y a qué se debe eso? ¿Por qué la tienen tan escondida?

—Puede que esté viviendo en casa de lady Siddons,

pero eso no significa que la hayan tenido encerrada bajo llave hasta su lanzamiento de esta noche. Sólo significa que no conocemos a nadie que ya la conociera.

—Bueno, pues esta noche la mitad de la alta sociedad va a conocerla —se quejó otro—. ¿Por qué creéis que está tan triste Adam? Porque no le han invitado, por eso.

—¿La mitad de la alta sociedad? Lo dudo. —Esto fue dicho en un tono muy seco y con cierto resentimiento—. Probablemente, sólo los que tienen los bolsillos bien llenos, lo cual nos deja fuera.

—Habla por ti, muchacho —dijo con satisfacción el mayor miembro del grupo—. Mis bolsillos están tan llenos que van a reventar de un momento a otro, a pesar de lo cual tampoco he sido invitado. Pero te diré una cosa, Adam: si es tan guapa como he oído decir que es, tal vez pida su mano. He estado pensando que ya va siendo hora de sentar cabeza. De hecho, mi padre se ha encargado de hacer todas esas reflexiones por mí, y no sé si me explico.

—¿Cómo sabes que es guapa?

—¿Crees que todo el mundo estaría hablando de ella si no lo fuera?

—¿Qué tiene que ver? No se necesita ser una belleza para que todo el mundo hable de ti.

—Pues da la casualidad de que mi hermana mayor

le oyó decir a lady Jennings, que es muy amiga de lady Siddons, que la jovencita Stefanov es bellísima, una especie de cruce entre una virgen española y una zíngara descocada. Justo el tipo de mujer que despierta el interés de los hombres, si queréis saber mi opinión.

La conversación siguió los mismos derroteros mientras los jóvenes iban hacia el teatro, pero Christopher fue aflojando gradualmente el paso hasta acabar deteniéndose. David y Walter tardaron unos momentos en darse cuenta de que lo habían dejado atrás. Cuando volvieron sobre sus pasos, enseguida vieron que unirse a aquel grupo no había sido tan buena idea después de todo. La expresión de Christopher rayaba en lo furioso.

—¿Es por lo que dijeron de que la jovencita de la que hablaban tenía aspecto de zíngara? —adivinó David con una mueca.

Pero Walter intentó razonar con su amigo.

—Oye, Kit, te has negado a hablarnos de esa zíngara tuya y no has querido contarnos por qué te dejó cuando te ofreciste a darle la gran vida, o por qué te lo has tomado tan mal. ¿Para qué están los amigos, si no es para desahogarse con ellos?

—Ni siquiera os he dicho cómo se llama, ¿verdad? —repuso Christopher.

—¡Santo Dios! —exclamó David, que aquella noche parecía dotado de poderes adivinatorios—. No irás a decirnos que se llama Anastasia Stefanov, ¿verdad?

—Exacto.

—No pensarás que...

—No me parece muy probable —resopló Christopher.

—Pues si el que las dos mujeres compartan el mismo nombre no es más que una coincidencia, entonces no deberías perder el tiempo pensando en eso —sugirió Walter.

—Es una coincidencia condenadamente extraña —replicó Christopher, con su característico fruncimiento de ceño un poco más acentuado—. Sobre todo teniendo en cuenta que no es un nombre que sea ni siquiera remotamente común en Inglaterra. Además, no me gustan las coincidencias que da la casualidad de que son tan casuales.

—No te culpo. Sí, es decididamente extraño. Pero volvamos a tu Anna —dijo Walter, haciendo un nuevo intento—. ¿Por qué te dejó?

Walter estaba yendo demasiado lejos. Si Christopher hubiera querido hablar de su zíngara con ellos, a esas alturas ya lo habría hecho. Pero dado el abrasador estallido de celos que acababa de experimentar, cuando sabía que aquellos jóvenes ni siquiera estaban hablando de su Anna, estaba muy claro que no le hacía ninguna falta hablar de ella, ni aunque fuese para dejar de pensar en esa otra chica que iba por la vida usando el nombre de Anna.

—Porque no le gustó nada que pensase que era mi amante y dijese que lo era —replicó secamente—, por ésa y por otras razones.

—¿Pensabas que...? —dijo David, visiblemente intrigado por su manera de hablar—. Ya sé que el día anterior no eras muy consciente de lo que hacías. ¿Te saltaste las formalidades previas y no le preguntaste si estaba dispuesta a ser tu amante?

—Le hice ciertas preguntas, pero al parecer no las que tenía intención de formular —farfulló Christopher—. Parece que en vez de hacerla mi amante, la tomé por esposa.

La expresión de horror y perplejidad que vio aparecer en los rostros de sus amigos le confirmó que no hubiese debido contarlo. Un hombre de su posición sencillamente no hacía tales disparates.

David fue el primero en recuperarse. Pero no señaló lo obvio, cosa que a Christopher no le hubiese gustado nada porque ya se lo había repetido suficientes veces a sí mismo. Todo el mundo sabía que había hecho algo que sencillamente no debía hacerse.

—Bueno, y por si teníamos alguna duda al respecto, eso demuestra que la sobrina de Thompson no es la misma joven —dijo David, hablando en un tono deliberadamente pausado y juicioso—. A tu esposa nunca se le ocurriría recurrir a los métodos tradicionales de la cacería del esposo, ¿verdad?

Aquel razonamiento hizo que Walter pusiera los ojos en blanco, pero lo que él quería saber era otra cosa.

—¿Cómo se puede llegar a estar tan borracho que luego no te acuerdas de que te has casado? —preguntó.

—Bebiendo demasiado, obviamente —repuso Christopher.

—Supongo que es una manera de conseguirlo —admitió Walter—. Pero ya has rectificado la situación, por supuesto.

—Todavía no —murmuró Christopher, tan quedamente que apenas se oyó a sí mismo.

Walter no le oyó, y en vez de darse por enterado de que Christopher no quería responder a la pregunta, solicitó una aclaración.

—¿Qué has dicho?

—¡He dicho que todavía no!

La explosiva respuesta no detuvo su próxima pregunta.

—¿Y por qué no?

—Que me cuelguen si lo sé.

Llegados a ese punto, David y Walter intercambiaron una mirada bastante significativa, pero fue David quien expresó sus pensamientos.

—Entonces quizá deberíamos aferrarnos a la esperanza de que, fuera cual fuese la razón por la que estaba en ese campamento de zíngaros, tu «esposa» y la sobrina de sir William sean la misma persona. Yo de ti, Kit, mañana iría a casa de lady Siddons. Sería magnífico que te llevaras una agradable sorpresa.

¿Lo sería? Christopher no estaba tan seguro, pero ya había decidido hacer precisamente eso.

23

Christopher no esperaba llevarse ninguna sorpresa cuando fue acompañado a la sala de estar de lady Siddons, en la que su «invitada» presidía la velada. La sobrina de sir William tal vez fuera una belleza impresionante como indicaban los rumores, pero no sería la Anastasia que andaba buscando.

Después de haberlo pensado un poco, no obstante, llegó a la conclusión de que no era tan casual que los nombres fueran idénticos. Eso hubiera sido esperar demasiado del azar. Era mucho más probable que su Anastasia no le hubiera dado su verdadero nombre, que en algún momento hubiera conocido a la sobrina de William y hubiese decidido apropiarse del nombre para usarlo.

Pero tenía que asegurarse, y de ahí aquella visita a la casa de lady Siddons a tan temprana hora de la mañana. Y su sorpresa fue enorme cuando vio a Anastasia.

Con su impresionante cabellera enjaulada según los dictados de la moda, Anastasia estaba de pie en el centro de un círculo formado por siete hombres babeantes que competían por atraer su atención. Llevaba un traje del que incluso una reina se habría sentido orgullosa, una maravilla de anchas faldas, apretado corsé y numerosos encajes negros y satén azulado que volvían increíblemente vívidos sus ojos azul cobalto.

Durante el primer momento de perplejidad, Christopher llegó a pensar que entre las dos mujeres sólo existía una mera semejanza, hasta tal punto parecía Anastasia toda una dama inglesa en vez de la zíngara a la que había conocido. Pero sólo por un momento...

Sus miradas se encontraron a través de la estancia. Anastasia se quedó inmóvil enseguida. Después se ruborizó y bajó la mirada, como si tuviera algo de lo que sentirse culpable. Pero así era, ¿no? Se hacía pasar por una dama. Se ofrecía a sí misma en el mercado matrimonial cuando ya estaba casada.

Christopher estaba permitiendo que los celos se impusieran al deleite que sintió al haber vuelto a encontrarla. Enseguida fue consciente de ello, pero aun así aquellas desagradables emociones eran demasiado poderosas para ser pasadas por alto y ya empezaban a teñir sus pensamientos. Incluso Adam Sheffield estaba allí, habiendo atravesado sin ninguna dificultad el umbral de la puerta principal aquella mañana, y al parecer fascinado por Anastasia. Su amigo, el que había dicho que pujaría por ella, también la contemplaba con ojos llenos de adoración.

Christopher sintió el súbito y salvaje impulso de ir hacia ellos y romperles la crisma. ¿Cómo osaban cortejar a su esposa y albergar pensamientos salaces acerca de ella? No le cabía duda de que ésa era la naturaleza de sus pensamientos.

Decir que era un cruce entre una virgen y una zíngara descocada, como se había observado anoche, la describía muy adecuadamente. Anastasia exudaba sensualidad y aun así parecía intocable, una combinación muy efectiva a la hora de despertar el deseo de un hombre que, al mismo tiempo, haría que no se atreviera a entrar en acción, dejándolo lleno de fantasías y deseos insatisfechos.

Christopher decidió que quienes estaban limitándose a las fantasías sólo recibirían una paliza. Los otros, no obstante, y podía ver que había varios, tendrían que ser despedazados muy despacio y miembro a miembro...

—Me sorprende verlo aquí, lord Malory —dijo alguien junto a él.

Christopher no se había dado cuenta de que la anciana condesa venía hacia él. La conocía de vista, pero no recordaba haberle dirigido la palabra anteriormente. Al parecer ella también lo conocía de vista y sabía quién era.

En cuanto a lo de que la sorprendía su presencia allí, replicó escépticamente:

—Lo dudo, lady Siddons, teniendo en cuenta quién es su invitada.

—No, de veras —insistió ella, aunque lo dijo con una sonrisa que no hizo sino confirmar la impresión de Christopher—. Después de todo, usted tuvo el privilegio de obtener la gema y luego la tiró tontamente.

—Yo no he tirado nada, señora —dijo él, muy consciente de a qué se refería, y añadió—: Legalmente la gema aún es mía.

Lady Siddons enarcó las cejas, indicando que esta vez quizá sí la había sorprendido, pero cuando volvió a hablar en su tono sólo había curiosidad.

—Lo encuentro un poco extraño, teniendo en cuenta que las conexiones de que dispone un marqués deberían acelerar la resolución de cuestiones de esa naturaleza. Quizás ha tenido que ocuparse de otros asuntos y ahora pondrá manos a la obra.

—Quizá no tenga intención de hacer nada al respecto —repuso él.

—Bueno, eso plantea un dilema. Tal vez debería informar de ello a la joven, ya que no es ésa la impresión que ella tiene. ¿O piensa que ha sido lanzada meramente para atraer su atención?

—A decir verdad, el mero hecho de que haya sido lanzada ya me parece incomprensible —dijo él—. ¿O acaso no sabe quién es en realidad?

—¿Quién es? ¿Aparte de ser su esposa, quiere decir? —contraatacó ella—. Me temo que no entiendo a qué se refiere. Es la sobrina de mi querido amigo, por supuesto. Creo que ustedes no se conocen, ¿verdad? Bien, milord, pues entonces venga conmigo y rectificaremos eso.

Echó a andar, esperando que él la siguiese. Christopher así lo hizo, dado que de hecho tenía varias preguntas muy pertinentes que hacerle a sir William Thompson.

El anciano estaba solo, montando guardia como un centinela junto a una enorme chimenea mientras mantenía una vigilancia «paternal» sobre su joven «pariente». Después de solventar rápidamente las presentaciones, lady Siddons los dejó a solas.

Christopher no se anduvo con rodeos.

—¿Por qué dice que Anastasia es su sobrina? —preguntó.

William no respondió de inmediato. Apartando la mirada para volver a contemplar con expresión pensativa al nutrido grupo que ocupaba el centro de la sala, tomó un sorbo de té de la taza que sostenía.

Christopher no tuvo la impresión de que estuviera buscando una respuesta, y sospechó que se le estaba haciendo esperar deliberadamente. ¿Para acrecentar su impaciencia? ¿Para castigarlo? No, esa posibilidad parecía demasiado remota. Quizá simplemente el anciano no le hubiera oído, algo que parecía bastante posible dado que probablemente tuviera más de setenta años.

Pero después sir William empezó a hablar en un tono tan pausado y apacible como si estuvieran charlando de cualquier asunto sin importancia, en vez de lo que probablemente eran recuerdos muy dolorosos.

—Mi hermana desapareció hace cuarenta y dos años, lord Malory —dijo—. Nunca me he perdonado a mí mismo, o al menos no lo he hecho hasta hace muy poco tiempo, el papel que desempeñé en esos acontecimientos y el no haberla apoyado cuando se enfrentó a mis padres porque quería decidir con qué hombre iba a casarse. Mi hermana optó por huir en vez de aceptar al hombre que habían escogido para ella, y nunca volvimos a verla ni supimos nada más de ella. Tenía una magnífica cabellera negra, ¿sabe? El que Anastasia pudiera ser su hija no tiene nada de inconcebible y, de hecho, no me costaría nada creerlo.

—Pero no lo es, ¿verdad?

William volvió a mirarlo.

—¿Acaso importa? —dijo con expresión un tanto divertida—. ¿Realmente importa eso cuando esa sociedad a la que usted le permite que dicte sus acciones cree que lo es? ¿Quiere oír la verdad, milord?

—Me sería de enorme ayuda —repuso Christopher secamente.

Su tono hizo sonreír a sir William.

—Muy bien. Pues la verdad es que yo viajaba con esos zíngaros. La razón carece de importancia, pero yo estaba en ese campamento cuando usted acudió para ordenarles que se marcharan. Claro que usted no se fijó en mí. A decir verdad, desde que vio a la muchacha ya no tuvo ojos para nada ni para nadie.

El rubor llegó rápidamente. Por muy innegable que fuese, la verdad que encerraban aquellas palabras resultaba muy embarazosa.

—Es inusitadamente atractiva —dijo Christopher en defensa suya.

—Oh, desde luego que sí. Pero ¿qué tiene que ver eso con lo que realmente importa, milord? Ciertos amores tardan mucho tiempo en crecer, y en cambio otros son inmediatos. Nunca tuve necesidad de preguntarme por qué le interesaba tanto aquella muchacha. Sus motivos no podían estar más claros.

¿La amaba? Christopher abrió la boca para soltar un bufido, y un instante después se sintió tan avergonzado de sí mismo que casi se atragantó. Santo Dios, ¿por qué no se le había ocurrido pensar en eso? Había creído estar obsesionado con ella. Había creído estar perdiendo el control de sus propias emociones. Había creído estar dejándose arrastrar por el deseo. Pero al pensar en ello, enseguida se acordó de lo increíblemente feliz que se había sentido al despertar aquella mañana y encontrar a Anastasia en su cama. No se le había ocurrido pensar que pudiera tratarse de amor.

—La pregunta, lord Malory, es qué va a hacer usted al respecto.

24

Él había venido a ella. Anastasia no había tenido que salir para ser vista en sitios que Christopher pudiera frecuentar, con la esperanza de tropezarse con él. No harían falta semanas, como había sospechado en un principio. Él había venido a ella, y al día siguiente de su «lanzamiento» oficial.

Anastasia no hubiese debido atribuir ningún significado especial a ese hecho, aparte de la obvia confirmación de que los rumores esparcidos por Elizabeth habían surtido efecto, pero aun así no pudo evitarlo. Él estaba allí, y tan pronto. Y el que estuviera fulminándola con la mirada no tenía ninguna importancia, por supuesto. Anastasia ya se esperaba que él desaprobaría seriamente lo que había hecho, teniendo en cuenta lo que pensaba acerca de que los nobles y la clase baja se relacionaran socialmente.

Ella estaba haciendo algo más que eso, porque fingía ser algo que no era. La idea no había sido suya, pero ella la había aceptado sin vacilar. Dada la rigidez de sus creencias, el que la acusara públicamente de impostora era justo el tipo de reacción que podía esperarse de Christopher. Pero no lo hizo, o al menos no inmediatamente. Había hablado con Victoria. Ahora estaba hablando con William. Y mientras tanto ella seguía en tensión, esperando ver qué haría.

No podía seguir conversando con sus admiradores cuando el corazón le palpitaba, cuando todos sus pensamientos estaban centrados en aquel hombre tan alto y apuesto del otro extremo de la sala, no en lo que le estaban diciendo. Suponiendo que hubiera dicho una sola palabra desde que Christopher entró en la sala, nunca conseguiría recordarla.

Se disponía a excusarse para ir hacia él, incapaz de esperar un momento más cuando su felicidad futura estaba en juego. Pero no tuvo que hacerlo. Él fue hacia ella, y su expresión apenas había cambiado. Era decididamente resuelta e implacable, y un tanto amenazadora, una combinación que no presagiaba nada bueno para Anastasia.

Contuvo la respiración. No había que esforzarse mucho para ver que su atención estaba concentrada en él, lo cual hizo que los hombres que la rodeaban también volvieran la mirada hacia Christopher.

Anastasia se esperaba una escena bastante embarazosa. Lo que no se esperaba era que él estuviera muy tranquilo.

—Tendrán que disculpar a Anastasia, caballeros —dijo Christopher—. He de hablarle de un asunto que requiere privacidad.

Sus palabras no fueron muy bien acogidas, naturalmente, dado que los hombres que la rodeaban habían estado compitiendo por su atención. Fue Adam Sheffield quien resumió la reacción general, o intentó resumirla, diciendo:

—Hombre, Malory, no puedes aparecer de pronto y...

Christopher lo hizo callar rápidamente.

—¿Que no puedo? Permíteme discrepar, viejo amigo. Un esposo tiene derechos obviamente pertinentes, algunos de los cuales pueden resultar bastante útiles.

—¿Esposo?

La palabra resonó dos veces más en el silencio lleno de perplejidad que Christopher dejó tras de sí. No se detuvo a dar más aclaraciones, ya que no tenía ninguna intención de explicarse. Cogiendo de la mano a Anastasia, se limitó a sacarla del salón.

Ella estaba demasiado sorprendida para protestar, aunque en realidad no sentía ningún deseo de hacerlo. Deteniéndose en el vestíbulo, Christopher se limitó a decir:

—Tu habitación servirá. Llévame a ella.

Anastasia así lo hizo, subiendo la escalera y yendo por un pasillo, otro y luego otro más. Era una casa muy grande. Él no volvió a abrir la boca durante el trayecto. Ella estaba demasiado nerviosa para hablar.

Su habitación estaba muy desordenada. Las criadas que se encargaban de la limpieza no llegaban allí hasta la tarde. La cama estaba deshecha. El traje para danzar que había llevado la noche anterior colgaba del respaldo de una silla. Varios trajes nuevos cubrían otra silla: como no estaba acostumbrada a poder escoger entre tantas posibilidades, aquella mañana le había costado mucho decidir qué iba a ponerse.

Tras cerrar la puerta, él dedicó un instante a recorrer la habitación con la mirada. Sus ojos se posaron en la falda dorada de lentejuelas. Cuando volvió la cabeza hacia Anastasia, fue para interrogarla con la mirada.

—La llevé anoche en el baile de disfraces de Victoria —le explicó ella.

—¿De veras? Qué... adecuado.

Sus nervios no pudieron soportar la sequedad de su réplica, y eso la hizo adoptar el mismo tono.

—Sí, ¿verdad? No hay nada como presentar la verdad y que nadie la crea. Pero aunque casi nadie nace sabiendo hacer el ridículo, hay muchas maneras de aprender a hacerlo.

Él se rio.

—Muy cierto, y acabo de descubrir que es algo que se me da bastante bien.

—¿Enseñar a hacer el ridículo?

—No.

Esa simple respuesta bastó para derribar la fachada de rígida compostura detrás de la que intentaba ocultarse Anastasia, dejando únicamente el nerviosismo. Y no iba a preguntarle de qué manera creía haber hecho el ridículo. Hubiera podido mencionar varias ocasiones en las que a ella le parecía que lo había hecho, pero prefirió guardar silencio.

—¿Hablamos de por qué estás aquí? —preguntó afablemente.

—¿Quieres decir que no me esperabas, después de haberte lanzado dentro de los círculos en que suelo moverme? —Christopher aceptó su rubor como respuesta, pero aun así pasó a explicarse—. Oí decir que la sobrina de un noble se hacía llamar por tu nombre. Vine aquí para averiguar por qué. Imagínate mi sorpresa al ver...

Ella había esperado su sorpresa, y su ira. Había visto la ira, pero en aquel momento no estaba presente. Lo que la preocupaba era por qué no estaba presente.

—¿Por qué no estás enfadado? —preguntó ella, yendo al grano.

—¿Qué te hace pensar que no lo estoy?

—Lo disimulas muy bien, *gajo*. De acuerdo, ¿qué vas a reprocharme? ¿El que me haya presentado en sociedad como una dama cuando tú piensas que no tengo derecho a ello?

—En realidad, lo que me gustaría saber es por qué has asumido una identidad que no te pertenece.

—La idea no fue mía, Cristoph. Me sentía lo bastante ofendida y furiosa para seguir mi camino y no volver a verte nunca. Pero mi abuela...

—Tu abuela —la interrumpió él—. Vi la tumba, Anna. ¿Era suya?

—Sí.

—Lo siento.

—No tienes por qué. Le había llegado el momento de irse, y le gustaba la idea de descansar en ese precioso claro tuyo desde el que se puede divisar el sendero, que para un zíngaro es el símbolo de la existencia. Verás, ya hace mucho tiempo que sufría grandes dolores y por eso acogió la muerte con los brazos abiertos... y yo no podía negarle eso.

—Pondré una lápida...

—No —dijo Anastasia—, porque ella deseaba guardar su nombre para sí misma, y no quería dejar tras de sí ninguna evidencia de él. Pero como te estaba diciendo, Cristoph, aun así insistió en que tú y yo estábamos destinados a vivir juntos. Y William, que viajaba con nosotros y la oyó, pensó que quizá necesitabas que alguien te hiciera ver que las apariencias y los orígenes no significan tanto después de todo y que hay cosas más... más importantes.

—¿Como cuáles?

No era algo que pudiera explicarse con palabras, por lo que Anastasia se limitó a encogerse de hombros.

—Depende de la persona. Algunos piensan que lo único que importa en la vida es el poder, otros creen que sólo importa la riqueza, algunos te dirían que lo que realmente importa es la felicidad y otros quizá dirían que... Bueno, ya te he dicho que eso depende de la persona.

—Ibas a decir el amor, ¿no? —preguntó él sin inmutarse—. Tú piensas que en la vida no puede haber nada más importante que el amor, ¿verdad?

Anastasia lo miró fijamente. Podía estar burlándose de ella, pero no lo creía.

—No, por sí solo el amor no es suficiente. Puedes amar y ser muy desgraciado. —Siempre había estado segura de que tendría ocasión de comprobarlo por experiencia propia, pero se abstuvo de mencionarlo y se limitó a añadir—: Lo que realmente importa es el amor y la felicidad. Si van cogidos de la mano, no hace falta pedir nada más. Pero para tener las dos cosas, el amor debe ser correspondido.

—Estoy de acuerdo.

Esas palabras bastaron para que Anastasia sintiera que el corazón volvía a palpitarle desenfrenadamente. Y sin embargo, estaba viendo demasiado en ellas. Christopher la había reclamado delante de los hombres reunidos en la sala y había dado la impresión de que era su esposo, pero después de todo sólo se trataba de una impresión. No les había dicho que era su esposo, y se había limitado a mencionar los «derechos de un esposo». Había obrado muy astutamente y no le costaría nada echarse atrás... a menos que realmente hubiera tenido intención de reclamarla de la forma tan pública en que lo había hecho.

Sabiendo que se exponía a ser destruida, Anastasia pidió aquella aclaración que tan desesperadamente quería y necesitaba oír.

—¿Con qué... estás de acuerdo?

—Estoy de acuerdo en que para que haya felicidad, el amor debe darse y recibirse.

—Pero eso no es lo que tú, personalmente, consideras más importante, ¿verdad?

—Cuando mi vida estaba vacía o cuando, como dijiste tan acertadamente, «había una seria carencia en ella», ni tú ni yo sabíamos en qué podía consistir ese algo.

—Yo lo sabía —murmuró ella.

—¿De veras? Sí, supongo que lo sabías. Y probablemente también sabías que si en ese momento me hubieras dicho qué le faltaba a mi vida, nunca te hubiese creído.

—¿En ese momento?

Él sonrió.

—Con un poco de suerte, Anna, incluso el hombre más tonto del mundo acaba dejando de serlo. Finalmente, llega un momento en el que ve qué ha de hacer para redimirse a sí mismo y lo hace... si no es demasiado tarde. Yo temía que fuese demasiado tarde, y por eso le estoy tan agradecido a sir William.

—¿Por qué? —preguntó ella con un hilo de voz.

Él se acercó y le levantó la barbilla.

—Por la misma razón por la que no tengo intención de divorciarme de ti. Te quiero en mi vida, Anna, de cualquier manera en que pueda tenerte. Ahora lo sé. He necesitado varios días para comprender que el matrimonio, con su permanencia, es ciertamente preferible. En comparación el escándalo es muy insignificante.

Ella le rodeó el cuello con los brazos, y atrajo los labios de Christopher hacia los suyos. En el beso que le dio no había pasión alguna, sólo un inmenso tesoro de amor y ternura que selló su destino más firmemente de lo que hubiera podido hacerlo cualquier palabra.

25

Christopher llevó a Anastasia directamente a su casa de Londres, pero no permanecieron allí mucho tiempo. Esa misma semana, Christopher ordenó a sus sirvientes que recogieran todas sus pertenencias personales para trasladarlas a Haverston. Por mucho que prefiriese la vida de la ciudad, no tardó en darse cuenta de que a su esposa no le gustaba, y en aquellos momentos le importaba mucho más compensar el que se hubiera comportado como el más completo idiota en lo referente a su matrimonio que sus preferencias.

La hubiese llevado a Ryding, que al menos era una casa mucho más alegre. Pero Anastasia expresó el deseo de estar cerca de su abuela, así que fueron a Haverston. Él ya le había dicho lo lúgubre que era, a lo que ella rio y le dijo que eso podía corregirse fácilmente.

—Contrataré a un ejército de trabajadores —le prometió él—. Supongo que no hará falta mucho tiempo para convertir ese mausoleo en un lugar habitable.

—No harás nada de eso —replicó ella—. Haremos las mejoras nosotros mismos, porque de esa manera, cuando hayamos terminado, Haverston será nuestro hogar.

¿Empuñar un martillo? ¿Sostener un pincel? Christopher ya estaba empezando a comprender lo mucho que su zíngara iba a cambiarle la vida, y ardía en deseos de pasar por ese proceso.

26

Era su primera Navidad en Haverston. Christopher siempre había pasado las fiestas en Londres; después de todo, la Navidad era una estación social de primera categoría. Pero aquel año no deseaba hacerlo. De hecho, no había ninguna razón por la que quisiera volver a Londres. Todo lo que necesitaba y amaba se encontraba en Haverston.

La casa estaba quedando espléndida, aunque distaba mucho de estar terminada, dado que tuvieron que interrumpir los trabajos de remodelación en cuanto Anastasia quedó embarazada. Pero las habitaciones principales ya estaban listas, y ahora contenían un acogedor calor que no tenía nada que ver con la estación, y además habían sido magníficamente adornadas para las fiestas.

Para Anastasia aquéllas eran sus primeras Navidades inglesas, lo cual las convirtió en una experiencia tan nueva como intensa. Para su gente, la Navidad siempre había sido el momento de visitar el mayor número de pueblos lo más deprisa posible, porque era una época en la que las personas gastaban dinero en regalos, en vez de meramente en sí mismas, y los zíngaros tenían muchos regalos que ofrecer. Pero eso significaba que nunca estaban en un sitio el tiempo suficiente para darle un aspecto festivo, adornar un árbol o colgar una guirnalda. Eso eran cosas de los *gajos*. Pero no para Anastasia, ya no.

Ayudada por sus sirvientes, Anastasia abrió los muchos baúles que Christopher había mandado traer de Ryding, llenos de herencias navideñas que llevaban generaciones en su familia, y juntos esparcieron su contenido por toda la casa. Christopher colgó racimos de muérdago en cada habitación, y recurría a las excusas más tontas para atraerla bajo ellos cada vez que se le presentaba la ocasión.

Anastasia hizo o bien compró regalos para todos los sirvientes. Los repartieron la víspera de Navidad, que fue cuando ella tuvo la experiencia de su primer viaje en trineo, dado que al principio de la semana había empezado a nevar y ahora los campos y los caminos ya estaban cubiertos por una gruesa capa de nieve. Fue muy divertido, a pesar del frío, y a su regreso recibieron con alivio el calor del vestíbulo.

Pasaron el resto del día allí, sentados en el sofá

cerca de la chimenea dentro de la que ardía un gran tronco navideño, viendo parpadear las velitas en el árbol que Christopher había cortado.

Anastasia se sentía inmensamente satisfecha y llena de paz, a pesar del presentimiento que tenía desde hacía unos días. Aquello era distinto de su «don» normal, su capacidad de ver por dentro, y sin embargo no lo era.

Estaba embarazada de cuatro meses. Todavía no se le notaba y tampoco sentía nada, aparte de los breves episodios de mareos matinales que había tenido durante un tiempo. Aun así se sentía tan cerca de su futuro bebé como si ya estuviera sosteniéndolo en sus brazos. Y la sensación que se había adueñado de ella estaba relacionada con él.

Todo sería más fácil si lograba expresarlo en palabras que tuvieran algún sentido, y eso fue lo que intentó hacer.

—Aún nos queda por hacer un regalo más, aunque no seremos nosotros quienes lo entreguemos —le dijo a Christopher.

Su esposo la rodeaba con un brazo y su otra mano había estado acariciándole distraídamente el brazo. Christopher se volvió hacia ella para decir algo que no tuvo nada de sorprendente:

—No te entiendo.

—La verdad es que yo tampoco lo entiendo

—tuvo que admitir ella—. Es una especie de presentimiento que he tenido acerca de nuestro hijo...

—¿Hijo? —la interrumpió él, sorprendido—. ¿Vamos a tener un hijo? ¿Realmente sabes que va a ser un niño?

—Bueno, sí, soñé con él. Normalmente, mis sueños son bastante certeros. Pero eso no tiene nada que ver con el regalo que debemos hacer.

—¿Qué regalo?

Él empezaba a poner cara de frustración, y Anastasia no podía reprochárselo. Ella misma solía interrogarse acerca de sus sentimientos.

—Debemos poner por escrito cómo nos conocimos, cómo llegamos a amarnos, y cómo desafiamos a nuestras respectivas gentes para escoger el amor en vez de lo que se esperaba de nosotros. Debemos escribir nuestra historia, Cristoph.

—¿Escribirla? —La idea no parecía gustarle demasiado—. Nunca se me ha dado muy bien escribir, Anna.

Ella le sonrió.

—Lo harás estupendamente. Lo sé.

Él la miró y puso los ojos en blanco.

—Tengo una sugerencia mejor. ¿Por qué no escribes tú eso que debe ser escrito...? Y por cierto, ¿por qué tiene que ser escrito?

—Debemos escribir nuestra historia no para

nuestro hijo, sino para sus hijos y los hijos de sus hijos. Lo que he «presentido» es que nuestra historia beneficiará a uno o más de ellos. No sé cuándo les será de ayuda, o por qué, pero sé que lo será. Quizá sabré más al respecto en algún momento del futuro y puede que tenga otros presentimientos al respecto, pero de momento esto es todo lo que sé.

—Muy bien, puedo aceptar eso... supongo. Pero sigo sin entender por qué debemos hacerlo entre los dos. Para contar una historia basta con una persona.

—Cierto, Cristoph, pero yo no puedo escribir acerca de tus sentimientos y pensamientos. Eso es algo que sólo tú puedes añadir, y es la única forma de que nuestra historia esté completa. Pero si tan poco te satisface tu estilo literario, o si temes que pueda hacerte preguntas incómodas o reírme de lo que confieses, entonces prometeré no leer lo que escribas. Esta historia no es para nosotros ni para nuestro hijo, sino para los que vendrán después, aquellos a los que probablemente nunca conoceremos. Podemos guardarla en un lugar seguro para que nadie que conozcamos llegue a verla jamás.

Él suspiró y le besó suavemente la mejilla para conferir un poco más de elegancia a su reluctante asentimiento.

—¿Cuándo quieres empezar?

El titubeo de Anastasia solamente duró un momento.

—Esta noche, la víspera de Navidad. Tengo un presentimiento...

—Basta de «presentimientos» por esta noche —la interrumpió él con un gemido.

Ella se rio.

—No he dicho que debamos escribir muchas páginas esta noche, sólo un comienzo. Además, esta noche he de dar otro regalo cuya entrega requerirá... un poco de tiempo.

La mirada llena de sensualidad que le estaba lanzando hizo que él enarcara las cejas.

—¿Sí? Mucho tiempo, ¿eh? Y supongo que no podrías alterar tus planes y entregar ese regalo antes de que empecemos a escribir, ¿verdad?

—Se me podría persuadir de que lo hiciera.

Los labios de él volvieron a rozarle la mejilla y después bajaron a lo largo de su cuello, esparciendo una oleada de escalofríos por su cuerpo.

—Soy muy bueno persuadiendo —murmuró Christopher con la voz ronca por la pasión.

—Tenía el presentimiento de que dirías eso.

27

Amy cerró el diario por última vez con un suspiro de satisfacción. Había sido más de lo que se atrevía a esperar. Ahora se sentía totalmente en paz con su «don». La suerte que tenía en las apuestas podía ser una increíble coincidencia, pero ella prefería pensar que había heredado su suerte de su bisabuela.

No todos habían asistido a la lectura completa, que había durado tres días. Rosslynn y Kelsey se turnaron en el cuidado de los niños, por lo que sólo habían oído aproximadamente un capítulo de cada dos, aunque ahora que podían disponer del diario para ellas solas enseguida se pondrían al día.

Las hermanas mayores de Amy habían decidido esperar y leerlo tranquilamente cuando tuvieran tiempo para ello. Aunque aparecían por allí de vez en cuando para enterarse de cómo progresaba la historia, pasaban la mayor parte del día haciendo compañía a Georgina, que entretenía a la familia de visita. El resto de los Anderson no venía a Inglaterra lo bastante a menudo para su gusto, por lo que cuando lo hacían, prefería pasar el mayor tiempo posible con ellos.

James y Tony, aquel par de bribones, habían interrumpido repetidamente la lectura con comentarios graciosos acerca de Christopher Malory, al que enseguida habían comparado con Jason. Jason había permanecido sumido en un silencio pensativo durante toda la lectura, y ni siquiera se molestó en reñir a sus hermanos pequeños por no tomársela en serio.

Charlotte, la madre de Amy, había sido incapaz de estar sentada durante las largas lecturas, por lo que al igual que sus otras hijas, decidió leer el diario en otra ocasión. Pero Edward, su padre, que había asistido a todas las sesiones de lectura, fue a darle un beso en la frente antes de ir a acostarse.

—No me parezco a ella, a diferencia de ti —le dijo a Amy—. Pero al igual que tú, solía preguntarme por qué sabría juzgar tan bien a las personas. Esa «segunda vista», si es que puedo llamarla así, es lo que me ha guiado en mis inversiones y ha hecho de ésta una familia tan rica. Pero no equivocarse nunca hace que acabes teniendo la sensación de ser un bicho raro, eso puedo asegurártelo. Me complace saber que no soy el único raro. De hecho, me alegro de que sea por una buena razón por la que hayamos sido tan afortunados en nuestras muchas empresas.

Amy se quedó asombrada. Su padre tal vez fuera el más jovial y gregario de la familia, pero también era el más pragmático y realista. Amy pensaba que sería el último en creer en el don de una zíngara.

Reggie, el único que se encontraba lo bastante cerca para oír las observaciones que Edward acababa de hacerle a su hija, sonrió y dijo:

—No seas tan modesto, tío Edward. Construir el imperio financiero que tienes actualmente sigue requiriendo de cierto genio. Ser capaz de juzgar con acierto a las personas con las que te juegas el dinero ayuda, desde luego, pero aun así tuviste que encargarte de escoger y seleccionar. Fíjate en mí, en cambio. Al igual que Amy, físicamente he salido a ella, y sin embargo no he heredado ninguno de esos otros dones.

Edward rio.

—No me importa compartir el mérito, gatita. Y no estés tan segura de que no has heredado ningún don: el encanto zíngaro obra su propia magia. Y todavía no te has equivocado ni una sola vez en tus labores de casamentera, ¿verdad?

Reggie parpadeó.

—Bueno, no. La verdad es que ahora que pienso en ello, nunca me he equivocado. —Y entonces sonrió—. Oh, esperad a que le diga a Nicholas que en cuanto decidí casarme con él ya nunca tuvo una sola oportunidad.

El marido de Reggie se había ido a acostar hacía unas horas, porque estaba demasiado cansado para escuchar hasta el «final». Pero los otros ocupantes de la sala oyeron su observación y empezaron a hacer comentarios, algunos con humor y otros con cierto escándalo, como Travis, que se apresuró a decir:

—Mantén bien alejadas de mí esas dotes de casamentera tuyas, prima mía. Aún no estoy preparado para llevar los grilletes.

—Yo sí —dijo Marshall, sonriéndole—. Así pues, si quieres ya puedes considerarme tu próximo proyecto.

—Nunca había pensado en ello, pero nuestra querida gatita ha jugado un papel realmente importante en nuestros matrimonios, el mío incluido —intervino Anthony—. Llenó la hermosa cabeza de mi Rosslyn con cosas buenas acerca de mí, y se pasó un montón de horas hablándole de mis virtudes.

—Lo cual tuvo que resultarle condenadamente difícil dado que tienes poquísimas, viejo amigo —bromeó James.

—¡Mira quién habla! —resopló Anthony—. No entiendo qué pudo llegar a ver George en ti. Pero ahora ya vuelve a estar en su sano juicio, ¿verdad?

Eso era un golpe bajo, teniendo en cuenta que por el momento aquél era un tema bastante delicado para James (Georgina continuaba sin querer hablarle del auténtico motivo de su enfado, y la puerta de su dormitorio seguía estando cerrada para él).

Por eso no tuvo nada de sorprendente que James replicara, aunque con su habitual falta de expresión:

—Ese ojo negro tuyo está empezando a borrarse, hermano. Recuérdame que rectifique eso por la mañana.

—No cuentes con ello. Mañana estaré muy ocupado recuperando un montón de horas de sueño atrasadas, si no te importa —repuso Anthony.

James se limitó a sonreír.

—Sí me importa. Y te aseguro que puedo esperar a que hayas recuperado el sueño atrasado. Quiero que estés en plena forma.

—Eres todo corazón, maldito memo —farfulló Anthony, visiblemente preocupado.

—Preferiría que vosotros dos no volvierais a empezar —dijo Jason mientras se levantaba para ir a acostarse—. Dais mal ejemplo a los niños.

—Desde luego —asintió Anthony con una sonrisa, y luego miró a James—. Al menos, algunos de los mayores aquí presentes dan muestras de sabiduría.

Teniendo en cuenta que James tenía un año más que él, no cabía duda de que Anthony le estaba lanzando otra de sus sutiles pullas. James hubiera podido pasarla por alto de no ser porque se ponía de un humor de perros cada vez que recordaba que su esposa todavía estaba furiosa con él.

—Lo cual es una suerte, dado que algunos de los bebés aquí presentes no tienen ninguna —dijo, dirigiendo una juiciosa inclinación de cabeza a su hermano.

Derek, que estaba de pie junto a su padre y veía cómo uno de sus adustos ceños empezaba a ensombrecerle la frente, se inclinó sobre él para hablarle en susurros.

—Ya sabes que en cuanto empiezan no hay manera de pararlos —le dijo—. Más vale que no les hagas caso. Creo que seguirán así hasta que tía George vuelva a sonreír.

Jason suspiró.

—Supongo que debería hablar con ella —murmuró—. Por lo que yo sé del asunto, creo que está exagerando un poco.

—Sí, ¿verdad? Eso da que pensar que su enfado quizás esté motivado por alguna otra cosa de la que se niega a hablar.

—Has dado justo en el clavo. Pero James ya ha llegado a esa misma conclusión por su cuenta... aunque no le ha servido de mucho.

—Obviamente, dado que sigue estando raro. Claro que cuando él y George se han peleado, siempre lo está.

—Eso nos pasa a todos, ¿no?

Derek soltó una risita, probablemente porque estaba acordándose de algunas de sus discusiones con Kelsey.

—Cierto. Tener la cabeza llena de nubarrones hace que te resulte muy difícil analizar la situación.

Jason estaba dispuesto a aceptar que ése podía haber sido su problema con Molly. La lógica que ella siempre había utilizado con él lograba ponerlo furioso precisamente por el hecho de ser válida. La situación, tal como estaban las cosas, era de una frustración insoportable, ¿y quién podía pensar con claridad mientras estaba atrapado en semejante ciénaga emocional? No obstante, gracias al asombroso don de su abuela, ahora por fin tenía esperanzas.

Jeremy volvió a dirigir su atención hacia el gran problema del momento mediante una jovial observación:

—Bueno, este «bebé» se va a la cama. Al menos yo no he heredado ninguna magia insensata junto con los ojos azules y el cabello negro que obtuve de la *grand-mère*.

Derek puso los ojos en blanco.

—No —dijo con leve disgusto—. Lo único que haces es lanzar el hechizo más poderoso de todos, primo: cada mujer que te mira se enamora locamente de ti.

—¿De veras? —exclamó Jeremy, sonriendo de oreja a oreja—. Bueno, no seré yo quien lo discuta.

Anthony rio y, pasando el brazo por los hombros de Jeremy, le habló en tono confidencial:

—Están celosos, cachorrito. No soportan que los zíngaros de negros cabellos de la familia hayamos acaparado todo el encanto.

—Tonterías —resopló James—. Tienes tanto encanto como la parte posterior de mi...

Jason carraspeó.

—Me parece que hoy hemos estado levantados hasta muy tarde —dijo, y añadió—: A la cama todo el mundo.

—Eso es lo que haría si tuviera una maldita cama en la que acostarme —masculló James mientras iba hacia la puerta.

Anthony frunció el ceño y decidió que él también tenía derecho a mascullar un poco.

—No puedo creerlo, pero siento pena por él. Dioses, debo de estar agotado. Buenas noches a todos.

Jason miró a Edward, acompañó su sacudida de cabeza con un suspiro del tipo «qué se le va a hacer» y luego se volvió hacia Amy.

—¿Necesitas ayuda, querida? —preguntó señalando a Warren, que estaba dormido con la cabeza apoyada en su hombro.

—No; se despierta con mucha facilidad —dijo, sonriéndole a su esposo.

Encogió el hombro para demostrarlo y Warren se irguió de inmediato, pestañeó y dijo:

—¿Hemos acabado por esta noche, corazón?

—Ya hemos terminado —replicó ella, y le entregó el diario a Jason para que lo guardara—. Mañana por la mañana te contaré lo que te has perdido.

Warren bostezó, se puso en pie y la atrajo hacia sí.

—Cuando hayamos llegado arriba, te haré saber si puedo esperar hasta mañana o no para enterarme de cómo se quitaron de encima a los cotillas del pueblo.

Ella gimió suavemente, pero después rio mientras le rodeaba la cintura con un brazo.

—De la misma manera en que probablemente lo habrías hecho tú: les dijeron que se ocuparan de sus malditos asuntos.

—Excelente, el método americano —replicó él mientras salían por la puerta, dejando tras ellos más de un comentario inglés.

28

James se detuvo ante el dormitorio de su esposa, tal como hacía cada noche, para ver si su puerta estaba abierta. Estaba tan enfadado que ni siquiera se tomó la molestia de tratar de abrirla. George no quería avenirse a razones y había cortado cualquier vía de comunicación entre ellos, negándose a hablar de los motivos de su enfado. James ya no sabía qué hacer para arreglar las cosas con ella, sobre todo porque en realidad no había hecho nada malo que hubiera que enmendar.

Lo que necesitaba para salir de aquel lío era un milagro. Eso le recordó la conversación mantenida con Jason la noche en que los jovencitos fueron sigilosamente a la sala para abrir el regalo. Antes de que Anthony lo sorprendiera en el estudio de Jason y dieran inicio a su sesión de libaciones autoconmiserativas, James había sorprendido a Jason bastante ocupado con una botella y un vaso.

—Espero que tengas más de eso a mano, porque me siento capaz de vaciar una botella entera —le dijo a su hermano cuando entró en la habitación.

Jason asintió.

—Coge un vaso del aparador y empezaremos a dar buena cuenta de ésta.

James así lo hizo, luego ocupó el sillón que había delante del escritorio y esperó a que su hermano le llenara el vaso antes de preguntarle maliciosamente:

—Yo sé por qué bebo, pero ¿lo sabes tú?

—Me sorprendes, James —dijo Jason, optando por no responder directamente a su pregunta—. Si hay alguien entre nosotros que sepa manejar a las mujeres, tienes que ser tú... o por lo menos en el pasado siempre has sabido cómo hacerlo. ¿Qué ha sido de ese don?

James se repantigó en su sillón y tomó un buen sorbo de coñac antes de responder.

—Manejar a las mujeres resulta muy fácil cuando no estás emocionalmente involucrado con ellas, pero cuando estás tan enamorado que apenas puedes pensar, entonces todo se complica muchísimo. He utilizado todos los medios que se me han ocurrido para conseguir que George hablara de lo que la ha puesto así, pero George es, bueno, George, y no cambiará de parecer fácilmente. No tiene nada que ver con Tony o Jack. Al menos he podido descartar eso. George los utilizó como excusa para saltar por los aires... y caer sobre mí. El problema soy yo, pero como no he hecho absolutamente nada que haya podido ponerla tan furiosa, ahora estoy hecho un lío.

—Yo diría que lo que ocurre es que todavía no ha encontrado una manera de abordar el asunto contigo, sea cual sea. Eso podría formar parte del problema, y me refiero a la frustración que puede sentir al ver que es incapaz de expresarlo con palabras —sugirió Jason.

—¿Desde cuándo ha tenido George problemas para expresar lo que le pasa por la cabeza? —preguntó James, teniendo que hacer un considerable esfuerzo de voluntad para no poner los ojos en blanco.

—Normalmente, sí sabe hacerlo —asintió Jason—. Pero esto no parece un problema corriente, porque de lo contrario ya habría salido a la luz. Tengo razón, ¿verdad?

—Posiblemente —admitió James pensativo, y luego dijo—: Oh, maldita sea. Estoy harto de tratar de averiguar qué anda mal. Se me han ocurrido mil teorías, pero lo único que he sacado en claro es que esto no tiene ningún sentido.

Jason contempló su vaso y soltó un bufido.

—Cuando a una mujer se le mete algo entre ceja y ceja, no hay Dios que la entienda. Cuando todo va bien ya cuesta entenderlas, así que entonces...

James rio. La observación de Jason le había traído a la memoria algo que le había ocurrido hacía varios años, de lo que nunca había hablado con su hermano. También hizo que comprendiera por qué su hermano necesitaba reconfortarse con un par de vasos de coñac: al igual que él, Jason también estaba teniendo serios problemas con las mujeres.

—¿Cuánto hace que estás enamorado de Molly? —le preguntó a bocajarro.

Jason alzó la vista, pero su expresión no mostró la sorpresa que cabía esperar.

—Desde antes de que naciera Derek.

James no consiguió ocultar su sorpresa ante aquella respuesta y la obvia conclusión que traía consigo.

—Santo Dios, Jason... ¿Se puede saber por qué demonios nunca nos lo has dicho?

—¿Piensas que no quería hacerlo? Si de mí dependiera lo hubiese gritado desde los tejados, pero no depende únicamente de mí. Molly tenía buenas razones para desear que lo que había entre nosotros siguiera siendo un secreto para todos, y eso incluía a Derek... O por lo menos consiguió convencerme de que tenía buenas razones para ello, no lo sé. Ahora ya no estoy tan seguro de que estuviera en lo cierto, pero supongo que después de tantos años de secreto ya no tiene demasiado sentido pensar en eso.

—¿Y por qué no te casas con ella y resuelves el

problema de una vez por todas? —preguntó James, tratando de ser razonable.

Jason rio ásperamente.

—Lo estoy intentando. Desde que me divorcié de Frances, pero Molly no quiere dar su brazo a torcer. Se le ha metido en la cabeza que se armaría un tremendo escándalo, y no quiere que la familia cargue con las consecuencias.

James enarcó una ceja.

—¿Que no quiere que la familia tenga que...? ¿Acaso ha habido algún momento de la historia de esta familia en el que no se estuviera cociendo alguna clase de escándalo?

Jason imitó su gesto.

—Cierto, y debo decir que tú te has asegurado de que siempre hubiera alguno en el candelero.

El tono de censura de su hermano hizo reír a James.

—No entremos en eso. ¿No sabes que me he reformado?

Jason sacudió la cabeza mientras ponía cara de perplejidad.

—Sí, y todavía no sé qué lo hizo posible.

—El amor, por supuesto. Produce milagros asombrosos. Y hablando de milagros, parece que voy a necesitar uno para salir de esta espantosa situación con George. Si encuentro algún milagro, Jason, te aseguro que te lo pasaré en cuanto haya acabado de usarlo, dado que tú también pareces necesitar uno.

Nada más acordarse de la conversación que había mantenido con su hermano, James tuvo el presentimiento de que Jason quizás hubiera encontrado su milagro gracias a su abuela, mas por desgracia el que le hacía falta a él aún no había llegado. Pero las cosas ya habían ido demasiado lejos, y mañana así se lo diría a su esposa. Aquella noche estaba sencillamente demasiado cansado. Probablemente hubiese dicho algo que luego habría acabado lamentando, y entonces sí que tendría razones para pedir disculpas.

Se dispuso a irse, pero apenas había dado tres pasos cuando giró sobre sus talones y llamó a la puerta del dormitorio. ¡Al diablo con la espera! Estaba cansado, sí, pero estaba todavía más cansado de dormir solo.

—Está abierta —oyó del interior de la habitación.

James contempló con ceño el pomo de la puerta y trató de hacerlo girar. Maldición, pues sí estaba abierta. La condenada puerta tenía que estar abierta precisamente cuando se le ocurría llamar ruidosamente en vez de comprobar si estaba cerrada antes de hacer nada.

Entró en el dormitorio, cerró la puerta y se apoyó contra ella, cruzando sus robustos brazos. Georgina, sentada en la cama, llevaba el salto de cama de seda blanca y el peinador que él le había regalado la Navidad pasada. Estaba cepillándose su larga cabellera de color castaño. A James siempre le había gustado ver cómo lo hacía, y ésa era otra de las cosas que se le habían negado últimamente.

—¿Te has olvidado de cerrarla? —preguntó secamente mientras la contemplaba con una ceja arqueada.

—No —se limitó a decir ella.

La ceja dorada subió un poquito más.

—No me digas que la historia de amor de los antepasados te ha conmovido hasta el punto de perdonarme.

El suspiro de su esposa fue lo bastante ruidoso para que él lo oyera desde el otro extremo del dormitorio.

—Me ha conmovido, sí, aunque no hasta tal punto. Pero su historia me ha ayudado a entender que lo inevitable no puede ser evitado, y al fin he comprendido que retrasar esto no hará que desaparezca. Empezaré haciéndote saber que no hay nada que perdonarte, James.

—Bueno, yo siempre lo había sabido. Pero ¿qué diablos quieres decir con eso de «nada»?

Su esposa bajó la vista y murmuró algo que él no pudo oír. Eso hizo que atravesara el dormitorio, se detuviera delante de ella y le levantara la barbilla. Sus grandes ojos castaños eran inescrutables.

—Volvamos a intentarlo, ¿de acuerdo? —dijo James—. ¿Qué has querido decir con eso de que no hay nada que perdonarme?

—Nunca he estado enfadada contigo. La forma en que me he estado comportando no tenía nada que ver contigo, o mejor dicho... Bueno, sí que tenía algo que ver contigo, pero no por la razón que tú creías. Cuando Jack dijo lo que dijo, yo ya estaba preocupada por otra cosa. Utilicé eso como excusa porque no estaba preparada para enfrentarme a lo otro. No quería que te preocuparas.

—Espero que seas consciente de que lo que acabas de decir no tiene ni pies ni cabeza, George. ¿No querías que me preocupara? Pues ahora mírame y dime si no tengo aspecto de haber estado muy preocupado últimamente.

Su expresión desalentada dejaba perfectamente claro hasta qué punto lo había estado, y su esposa no pudo evitar sonreír.

—Quizá no me he expresado bien —admitió—. No quería que tú también te preocupases, por eso dije lo que dije.

James dejó escapar un gemido de frustración.

—Ya sé que la manera de razonar americana hace que todo lo que dices resulte absolutamente ininteligible para una pobre mente inglesa, pero te aseguro que intento...

—Tonterías —le interrumpió ella con un bufido—. Lo que pasa es que todo lo que he dicho hasta ahora no es más que un montón de evasivas.

—Me alegro de que lo confieses, querida. Y ahora dime a qué se debe eso.

—Me disponía a llegar a ese punto —dijo ella, siguiendo con las evasivas.

—Date cuenta de que estoy esperando pacientemente.

—Tú nunca has sido paciente.

—Siempre soy paciente, y tú sigues con las evasivas —casi gruñó él—. Te lo advierto, George: estás acabando con mi maldita paciencia.

—¿Lo ves?

El gesto grave que le dirigió hubiera bastado para convencer a cualquiera, pero su esposa, sabiendo que no tenía nada que temer de él, ni siquiera parpadeó. Pero sabía que estaba yendo demasiado lejos, y finalmente dijo con un suspiro:

—Sé que quieres muchísimo a los gemelos. Son tan encantadores que no puedes evitar quererlos, ¿verdad? Pero también sé que cuando Amy y Warren quizá tuvieron gemelos te horrorizó la idea de que nosotros también pudiéramos tenerlos. Él es mi hermano, y de pronto comprendiste que eso era posible.

—No me horroricé —la corrigió—. Sólo me sorprendí de que los gemelos fueran tan habituales en tu familia, cuando en tu familia...

—Te horrorizaste —reiteró ella.

Esta vez él suspiró, aunque más por el efecto melodramático que por otra cosa.

—Si insistes. Bueno, y ¿adónde quieres ir a parar?

—No quería que volvieras a horrorizarte.

—¿No querías que...? —De pronto él pestañeó—. Santo Dios, George, ¿vamos a tener otro bebé?

Y entonces ella se echó a llorar. James, por su parte, se puso a reír. Sencillamente, no pudo evitarlo. Pero con eso sólo consiguió que los sollozos de su esposa se volvieran todavía más desgarradores.

Por eso la cogió en brazos, se sentó en la cama y, poniéndola en su regazo, la rodeó con los brazos.

—Verás, George, me parece que tendremos que encontrar una manera menos complicada de anunciar estas cosas —le dijo—. ¿Te acuerdas de cómo me comunicaste la inminente llegada de Jack?

Ella se acordaba, desde luego. Habían mantenido una encarnizada discusión a bordo del barco de él, durante la cual ella acababa de decirle a James, todo un respetable lord inglés, que era un sucio pirata del Caribe.

«Lamento tener que decírtelo, pequeña bruja —había replicado él—, pero ésas no son maneras de hablar.»

«¡En lo que a mí concierne sí! —había gritado ella—. Santo Dios, y pensar que voy a tener un hijo tuyo...»

«¡Y un cuerno! ¡No volveré a ponerte las manos encima!»

George salió del camarote hecha una furia, no sin antes espetarle: «No tendrás que hacerlo, estúpido!», con lo que él por fin comprendió que ya estaba embarazada.

—Y la segunda vez, ¿te acuerdas de que llegaste a negar que estuvieras embarazada? Me dijiste que sólo habías engordado un poco, como si yo no pudiera notar la diferencia —dijo él soltando un bufido.

Ella se envaró.

—¿Me culpas por no habértelo comunicado, después de lo que dijiste cuando Amy tuvo sus gemelos? «Bien, pues te advierto que no quiero gemelos en nuestra casa.» Ésas fueron tus palabras exactas. Bueno, pues tuvimos gemelos, y puede que tengamos unos cuantos más, y...

—Ya empezamos otra vez —la interrumpió él con una risita—. Mi querida muchacha, no deberías tomarte tan en serio lo que pueda llegar a decir un hombre en un momento de sorpresa cuando lo han pillado desprevenido.

—En un momento de horror —le corrigió ella.

—De sorpresa —repitió él categóricamente—.

Sólo se trató de eso, sabes. Y si se me permite decirlo, creo que me adapté francamente bien. De hecho, y suponiendo que te sintieras capaz de darme gemelos cada año, los adoraría a todos por igual. Sabes por qué, ¿verdad?

Ella frunció el ceño.

—¿Por qué?

—Porque te quiero, y aunque pueda parecer presuntuoso por mi parte —añadió con una sonrisa de satisfacción—, sé que tú también me quieres. Así pues, parece lógico suponer que cualquier cosa que creemos a partir de ese amor será amada a su vez, tanto si viene en un envoltorio individual como si viene a pares. Los querré a todos, tontita. No vuelvas a dudarlo nunca.

Ella apoyó la cabeza en su pecho con un suspiro.

—Me he portado como una tonta, ¿verdad?

—Dado el sitio en el que he estado durmiendo últimamente —replicó él—, me abstendré de contestar a esa pregunta, si no te importa.

A modo de disculpa, ella le besó el cuello.

—Lo siento muchísimo.

—Sólo faltaría que no lo sintieras.

Fue su tono condescendiente el que la impulsó a replicar:

—¿Te he contado alguna vez que hace cuatro generaciones hubo un caso de trillizos en mi familia?

—Sé que estás esperando oír algo del estilo de «¡Santo Dios, George, no quiero trillizos en nuestra casa!», pero voy a tener que decepcionarte. Claro que si no pensara que me estás tomando el pelo...

Ella rio, con lo que más o menos admitió que estaba haciendo precisamente eso. Pero después la curiosidad la impulsó a hacerle otra pregunta.

—¿Amy terminó el diario esta noche?

—Sí. Mi abuela tenía un don asombroso. Prefiero pensar que sólo era una increíble buena suerte a la hora de hacer conjeturas por su parte, pero ¿quién puede saberlo con certeza?

—Vaya, vaya... Me he perdido muchas cosas, ¿no?

James asintió.

—Deberías leer el diario, eso suponiendo que consigas arrancárselo de las manos a Jason. Pero tengo el presentimiento de que antes quiere que lo lea otra persona.

—¿Molly?

James rio.

—Así que tú también te has dado cuenta, ¿eh?

—¿Te refieres a la dulcificación general que se produce en su carácter cuando Molly anda cerca? ¿Quién podría pasarla por alto?

—La mayoría de nosotros —replicó él secamente.

29

—¿Ya ha acabado de leerlo? —preguntó Molly cuando Jason se reunió con ella en la cama aquella noche.

—Oh, perdona. ¿Te he despertado?

Ella bostezó y se acurrucó junto a él.

—No. Estas últimas noches te echaba de menos, así que hoy he intentado aguantar despierta hasta que vinieras. Aunque ya creía que no iba a conseguirlo. Empezaba a adormilarme.

Él sonrió y la rodeó con los brazos. No había tenido ocasión de hablar con ella desde que aquel diario fue desenvuelto. Las últimas noches, Molly ya estaba dormida cuando se reunía con ella, y por las mañanas se levantaba tan temprano que cuando él despertaba, ya se había ido. Con la casa tan llena, tampoco había muchas ocasiones de encontrarla a solas durante el día para hablar con ella en privado.

Y el resto de la familia no abordaba el tema del diario, al menos delante de la servidumbre, de la que todos consideraban que Molly formaba parte; con la única excepción de Derek y su esposa, y ahora James, quien estaba al corriente de la verdad y sabía que ella era la madre de Derek, y que llevaba más de treinta años siendo el único amor de Jason.

Por eso Molly todavía ignoraba el contenido del diario. No obstante, no había pasado por alto que la familia llevaba tres días leyéndolo, acampada prácticamente en la sala. Molly acudía a la entrada de vez en cuando y meneaba la cabeza.

—Quiero que mañana te tomes el día libre y lo leas —le dijo Jason.

—¿Que me tome el día libre? No digas tonterías.

—La casa sabrá salir adelante sin ti durante un día, querida.

—No lo haré.

—Molly... —dijo él en tono de advertencia.

—Oh, muy bien —asintió ella—. Podría esperar hasta después de las fiestas, cuando la casa no esté tan llena, pero admito que siento cierta curiosidad por ese diario. Seguramente será porque ha estado en mi poder durante la mayor parte de mi vida sin que supiese qué era.

Jason se incorporó de golpe.

—¿La mayor parte de tu vida? ¿Cuándo lo encontraste? ¿Y dónde?

—Bueno, lo encontré... y no lo encontré. Lo que quiero decir es que me fue confiado cuando yo sólo tenía cuatro años o quizá cinco, ya no me acuerdo. Se me dijo qué debía hacer con él y cuándo tenía que entregarlo, pero no qué era. Y debo confesar que ya hace tanto tiempo de eso, Jason, que lo puse con algunos viejos trastos míos y no volví a acordarme de él. Ha pasado todos estos años en el desván, junto con las cosas de mi infancia que tengo guardadas allí.

—Pero finalmente te acordaste de él, ¿no?

—Bueno, la verdad es que no —admitió ella—, y la manera en que volví a dar con él fue realmente extraña.

—¿Qué quieres decir?

Ella frunció el entrecejo, recordando todo lo ocurrido.

—Fue cuando empecé a bajar los adornos navideños del desván. Había hecho sol la mayor parte del día, por lo que el desván estaba bastante cargado y hacía mucho calor, así que abrí una de las ventanas. Pero como no hacía brisa apenas dejaba entrar un poco de aire fresco, y de todas maneras con una sola ventana abierta el efecto apenas habría tenido que notarse... o eso pensé. Cuando iba hacia la puerta con mi última carga del día, una tremenda ráfaga de viento atravesó el desván y tiró al suelo un montón de cosas.

—¿Habías dejado abierta la puerta? Eso lo explicaría.

—No fue una mera corriente de aire sino un auténtico vendaval, Jason, lo cual no tiene ningún sentido porque para empezar aquel día no había hecho ni pizca de viento. Pero no, la puerta estaba cerrada: por eso me pareció tan extraño, o al menos eso fue lo que me dije después cuando tuve tiempo de pensar en ello. Pero en ese momento estaba demasiado ocupada recogiendo las cosas que había tirado. Fue cuando llegué a un gran biombo oriental que se había desplomado encima de un montón de cuadros, desprendiendo varios de ellos de sus marcos, cuando vi mis cosas. Pero seguía sin acordarme del diario, y nunca se me hubiese ocurrido mirar dentro de mi viejo baúl de no ser porque, bueno...

Se detuvo y su rostro se puso más serio. Jason estuvo a punto de sacudirla para que siguiera hablando.

—¿Y bien? —preguntó finalmente.

—De no ser porque el vendaval volvió a soplar de repente en esa esquina del desván y sacudió la tapa del baúl. Te juro que casi parecía como si el viento estuviera intentando abrirla. Fue algo rarísimo, créeme, y confieso que se me puso carne de gallina. Entonces fue cuando me acordé de aquel objeto envuelto en cuero que había guardado dentro del baúl mucho antes de que viniera a trabajar a Haverston, y de que se suponía que debía entregárselo a tu familia en calidad de regalo. Y lo más extraño de todo es que el viento dejó de soplar apenas abrí el baúl.

Él se echó a reír.

—Ya me parece oír lo que habría dicho Amy si hubiese estado allí. Habría insistido en que era el fantasma de mi abuela, o quizás incluso el de la abuela de mi abuela, asegurándose de que el diario era entregado. Santo Dios, Molly, no se te ocurra hablarle nunca de ese vendaval. Pensaría que esta vieja mansión está encantada.

—Tonterías. Sólo fue una ráfaga de viento, probablemente provocada por el calor que se había acumulado en el desván.

—Sí, obviamente. Pero mi sobrina tiene mucha imaginación, así que sería mejor que guardáramos silencio sobre esa parte de la historia, ¿de acuerdo? —sugirió él con una sonrisa.

—Si insistes...

—Y ahora dime quién te lo entregó hace todos esos años. No tienes edad suficiente para haber conocido a mi abuela.

—No, pero mi abuela sí que la conoció. Y cuando volví a encontrarlo, me acordé de lo que me dijo cuando me confió el regalo para que lo guardara. Mi abuela fue la doncella personal de Anna Malory, ya sabes.

Él le sonrió.

—¿Cómo quieres que lo sepa cuando nunca te habías molestado en mencionarlo?

Ella se ruborizó.

—Bueno, también se me había olvidado. No me acuerdo mucho de mi abuela, porque cuando la conocí yo era muy joven y ella murió poco después de haberme entregado aquel diario. Y mi madre nunca trabajó en Haverston, así que no tuvo ninguna clase de relación con los Malory y tampoco tenía motivos para mencionarlos, lo cual hizo que me resultara todavía más fácil olvidarme de todo aquello. Y después transcurrieron más de diez años antes de que yo entrara a trabajar aquí, pero ni siquiera eso me refrescó la memoria.

—Así que Anna Malory se lo dio a tu abuela para que lo entregara, ¿no?

—No; se lo dio a ella para que me lo diera a mí. Deja que te cuente lo que me dijo mi abuela, y entonces quizá lo comprendas. En ese momento, yo no lo entendí, y aún no lo entiendo, pero esto es lo que recuerdo. Mi abuela ya era la doncella de lady Malory; un día la señora la mandó llamar y le dijo que se sentara y tomara el té con ella, porque iban a ser grandes amigas. La abuela me dijo que la señora solía hacer cosas extrañas, y aquel día le dijo algo realmente extraño. «Vamos a ser parientes —le dijo—. Tardará mucho tiempo en ocurrir y no veremos cómo ocurre, pero ocurrirá, y tú ayudarás a que ocurra cuando le des esto a tu nieta.»

—¿El diario?

Molly asintió.

—Lady Malory tenía varias cosas más que decirle, y en realidad acabó dándole instrucciones muy detalladas. Mi abuela admitió que en ese momento pensó que la señora ya no estaba en sus cabales. Después de todo, todavía no tenía ninguna nieta. Pero recibió instrucciones de que su nieta —yo, porque no tuvo más— debía entregar el regalo por Navidad a la familia Malory cuando se cumpliera el primer cuarto del nuevo siglo. No a ningún miembro determinado de la familia, sino a la familia entera. Y como se trataba de un regalo, quería que tuviera aspecto de tal. Y eso fue todo lo que le dijo al respecto. No, espera, había otra cosa acerca de cuándo debía ser entregado: dijo que tenía el presentimiento de que ése era el momento más benéfico.

Jason sonrió y le dio las gracias en silencio a su abuela.

—Asombroso —le dijo a Molly.

—¿Entonces lo entiendes?

—Sí, y me parece que en cuanto lo hayas leído tú también lo entenderás. Pero ¿por qué no dejaste una nota junto a él? Así al menos habríamos sabido para quién era y de quién procedía. No saberlo lo convirtió en un auténtico misterio, y por eso los jovencitos no esperaron a que fuera Navidad para abrirlo.

—Porque era para todos vosotros, naturalmente.
—Y rio—. Además, si luego resultaba que no era nada importante, así no tendría que confesar que lo había dejado allí.

—Oh, era importante, cariño, y más que eso: es una valiosa herencia para esta familia. Y tengo muchas ganas de oír tu opinión cuando lo hayas leído.

Ella lo miró con suspicacia.

—¿Por qué tengo el presentimiento de que lo que pone en ese diario no me va a gustar?

—Posiblemente porque a veces llegas a ser espantosamente terca con ciertas cosas.

—Ahora sí que estás empezando a preocuparme, Jason Malory —gruñó ella.

Él sonrió.

—No tienes que preocuparte, querida. Te prometo que de esto sólo saldrán cosas buenas.

—Sí, pero ¿buenas para quién?

30

La mañana del día de Navidad amaneció soleada aunque bastante fría, si bien la sala donde se había reunido la mayor parte de la familia era muy confortable, gracias al fuego que chisporroteaba en la chimenea. Jeremy había encendido las velitas del árbol adornado. Aunque la luz extra no era necesaria, el parpadeo de las llamas fascinaba a los niños y el aroma que emanaba de las velas añadía un precioso toque a la escena.

Los últimos en llegar fueron James, Georgina y sus tres pequeños. Jack corrió a reunirse con su hermano mayor, Jeremy, al que adoraba, y obtuvo de él su habitual abrazo con cosquillas incluidas. Después, como era habitual, fue directamente hacia Judy sin prestar atención a ninguno de los presentes, aunque después tendría su turno el resto de la numerosa familia.

Anthony, que siempre sabía sacar provecho del momento, se volvió hacia el hermano que llegaba con tanto retraso.

—Ahora que por fin has conseguido regresar a tu cama, veo que te ha costado mucho levantarte de ella, ¿eh?

Aun así, la mayor parte de su reserva de pullas había sido consumida el día anterior. Cuando vio a James tan contento, no había podido resistir la tentación de meterse con él.

—¿Cómo? —le preguntó—. ¿Ya no tenemos ganas de ir repartiendo ojos morados por ahí?

—Olvídalo, pequeñín —había replicado éste con un bufido.

Ese método nunca daba resultado, o por lo menos no con Anthony.

—¿Debo entender que George te ha perdonado?

—George va a tener otro bebé, o tal vez bebés —dijo James alegremente.

—Vaya, ese tipo de noticias es lo que yo llamo un buen regalo de Navidad. Felicidades, viejo.

Pero ahora no fue James quien replicó a la nueva ofensiva de bromas de Anthony, sino su esposa, quien habló con su encantador acento escocés.

—Olvídalo, hombre de Dios, o no tardarás en preguntarte qué ha sido de tu cama.

James se echó a reír y Georgina dijo:

—Eso no ha tenido tanta gracia. Fíjate en que tu hermano no parece nada divertido.

—Ya me he dado cuenta, amor mío, y eso es lo que tiene tantísima gracia —replicó James.

Anthony refunfuñó y le lanzó una mirada de disgusto a James antes de inclinarse sobre su esposa para murmurarle algo que la hizo sonreír. Obviamente, su irresistible encanto personal había vuelto a surtir efecto.

La apertura de regalos no tardó en empezar, con todos los niños sentados sobre la alfombra delante del árbol. Judy vio que el regalo ya no estaba encima de su velador, y se apresuró a interrogar a Amy. Ella y Jack no se habían acercado a la sala durante los días en que el diario había sido leído, ya que a su edad tenían ocupaciones mucho más emocionantes en las que emplear su tiempo.

—¿Sólo era un libro? —dijo después, obviamente decepcionada con lo que en un principio había suscitado tanto interés en ella y Jack.

—Es algo más que un simple libro, cariño. Cuenta la historia de tus abuelos, de cómo se conocieron y cómo tardaron un poco en darse cuenta de que estaban hechos el uno para el otro. Algún día querrás leerlo.

Judy no pareció muy impresionada, y de hecho

ya se había distraído y estaba mirando cómo Jack abría su siguiente regalo. Pero unos cuantos adultos se encontraban lo bastante cerca para haber oído sus palabras y, acordándose de los abuelos que todos compartían, tuvieron unos cuantos comentarios más que hacer.

—Me pregunto si alguna vez llegó a gustarle este sitio, teniendo en cuenta lo mucho que lo odiaba al principio —dijo Travis.

—Ella estaba con él, así que al final acabaría gustándole —replicó su hermano—. Tener alguien con quien compartir las cosas lo cambia todo.

—Me sorprende que accediera a darle un poco más de vida a la casa con sus propias manos —comentó Anthony—. Nunca me veréis coger un maldito martillo.

—¿No? —repuso su esposa con tono malicioso.

—Bueno... tal vez. —Anthony sonrió—. No hay nada como disponer del incentivo adecuado, sobre todo cuando se obtiene un resultado tan magnífico.

Rosslynn puso los ojos en blanco, pero fue Derek quien habló.

—Tenéis que admitir que supieron hacer auténticas maravillas con la casa —dijo con una risita—. Pese a lo inmensa que es, Haverston resulta francamente acogedora.

—Dices eso sólo porque ha sido tu hogar —replicó su esposa—. Para los que no han crecido aquí, Haverston más bien parece un palacio real.

—Es justo lo que estaba pensando —asintió Georgina.

—Los pensamientos americanos no cuentan, George —le dijo secamente James a su esposa—. Después de todo, ya sabemos que no podéis encontrar semejante magnificencia en esos primitivos estados vuestros, dado que todavía se encuentran sumidos en la barbarie.

Anthony acogió su observación con una risita, dirigiendo una inclinación de cabeza al extremo de la sala en que Warren se encontraba sentado en el suelo, delante del árbol de Navidad, con un gemelo encima de cada rodilla y concentrado en ayudarles a abrir sus regalos.

—Estás desperdiciando tu ingenio, viejo amigo. El yanqui ni se ha enterado.

—Pero esta yanqui sí se ha enterado —replicó Georgina, dándole un codazo en las costillas a James.

Éste soltó un gruñido, pero fue a Anthony a quien replicó.

—Sé bueno y recuérdame que lo repita más tarde, cuando esté lo bastante cerca para oírme.

—Cuenta con ello —repuso Anthony.

Porque después de todo, y por mucho que se burlaran el uno del otro cuando el «enemigo» no se hallaba presente, los dos hermanos siempre estaban dispuestos a unirse en cuanto había que plantar cara a sus sobrinos políticos.

Reggie pasó junto a ellos repartiendo regalos, uno de los cuales dejó caer en el regazo de James. Era de Warren.

—A ver si eso te convence de que hay un día al año en el que todos debemos ser amigos —dijo.

Él respondió con un altivo gesto, pero luego se echó a reír en cuanto desenvolvió el regalo.

—No lo creo, gatita —dijo examinando un medallón de bronce que contenía una caricatura de un monarca obviamente inglés cuyo aspecto no podía ser más ridículo—. Aun así, no hubiera podido pedir un regalo más hermoso.

Como el regalo había sido hecho con la intención de provocar, James quedaría encantado. Después de todo, Warren era su blanco preferido a la hora de ejercitar su sarcástico ingenio y el que más le obligaba a esforzarse, con el esposo de Reggie ocupando el segundo puesto a muy poca distancia.

—Soberbio —dijo Reggie poniendo los ojos en blanco—. Aunque en realidad debería sentirme aliviada, ¿no? Ahora ya tienes tu diana del día, y eso significa que al menos mi Nicholas ya no corre peligro.

—No cuentes con ello, querida mía —dijo James con una sonrisa malévola—. No queremos que piense que nos hemos olvidado de él sólo porque es Navidad.

Molly apareció en la puerta en ese preciso instante. Jason no había hablado con ella desde que empezó a leer el diario. Molly había acabado de leerlo la noche anterior bastante tarde, cuando él ya llevaba mucho rato acostado.

Cuando se reunió con ella, Jason alzó los ojos hacia el racimo de muérdago debajo del que se encontraban. Molly siguió la dirección de su mirada y lo vio también, colgado allí como cada año. Antes de que se le ocurriera pensar que Jason podía hacer algún disparate con toda su familia en la sala, él la besó, y además lo hizo a conciencia.

—¿He de volver a formular mi... pregunta? —dijo en cuanto los dos hubieron recuperado el aliento.

Ella sonrió, sabiendo muy bien a qué pregunta se refería.

—No, no es necesario —murmuró, hablando muy bajo para que no los oyeran—. Y mi respuesta es sí, aunque con una condición.

—¿Cuál?

—Me casaré contigo siempre y cuando accedas a no decírselo a nadie, aparte de tu familia, naturalmente.

—Molly... —comenzó él con un suspiro.

—No, escúchame. Ya sé que no es lo que esperabas oírme decir, después de haber leído la historia de tus abuelos. Pero para ellos las cosas eran distintas. Ella nunca había vivido en la comarca, y la gente de aquí y de Havers había pasado la mayor parte de su vida sin conocerla. A ellos no les costó mucho hacer caso omiso de las preguntas, o mantenerlas a raya, para que nadie llegara a saber la verdad. Pero no puedes negar que la mantuvieron en secreto y que sólo unas pocas personas llegaron a saber la verdad... y además, aunque su madre no fuera una noble, al menos su padre sí lo era.

Él puso los ojos en blanco.

—¿Adónde quieres ir a parar?

—Tú ya sabes que yo no puedo decir lo mismo, Jason. Y no quiero que tu familia tenga que enfrentarse a un nuevo escándalo, cuando ya ha tenido que soportar tantos en el pasado. Si no accedes a mantener en secreto nuestro matrimonio, entonces tendremos que seguir como hasta ahora.

—En tal caso supongo que tendré que aceptar esas condiciones, naturalmente.

Molly, que había esperado encontrarse con una considerable resistencia por su parte, le lanzó una mirada llena de suspicacia.

—Supongo que no serías capaz de acceder ahora

para luego cambiar de parecer en cuanto estemos casados, ¿verdad?

Él se hizo el ofendido antes de preguntarle:

—¿Es que no confías en mí?

Ella frunció el entrecejo.

—Te conozco, Jason Malory. Eres capaz de decir o hacer prácticamente cualquier cosa con tal de salirte con la tuya.

Él sonrió.

—Entonces ya deberías saber que nunca haría nada para que te enfadaras seriamente conmigo.

—No, a menos que creyeras que luego encontrarías alguna manera de que se me pasara el enfado. ¿Necesito recordarte que yo consideraría eso como un serio quebrantamiento de la palabra dada?

—¿Necesito recordarte lo feliz que me has hecho, accediendo a ser mi esposa... por fin?

—Estás cambiando de tema, Jason.

—Ah, veo que lo has notado.

Ella suspiró.

—Con tal que nos entendamos...

—Pues claro que nos entendemos, cariño —dijo él, sonriéndole con inmensa ternura—. Siempre lo hemos hecho.

La tos que oyeron les recordó que no estaban solos. Los dos se volvieron para enfrentarse a la sala, y se encontraron con que todos los miembros de la familia los estaban mirando. Molly empezó a ruborizarse. Jason estaba sonriendo de oreja a oreja, y se apresuró a dar explicaciones.

—Permitidme que os anuncie —dijo tomando la mano de Molly—, que Molly acaba de hacerme el mejor regalo de Navidad accediendo a ser mi esposa.

Ese anuncio, naturalmente, provocó que todos empezaran a hablar a la vez.

—Ya era hora, maldición —comentó James, adelantándose a los demás.

—Y que lo digas —dijo Derek, y corrió a abrazar a sus padres con un suspiro de deleite.

—Lástima que hayáis tardado tanto en decidiros —observó Reggie sonriendo—. Hoy habríamos podido tener una boda navideña.

—¿Quién dice que no podemos hacerlo? —replicó James—. Da la casualidad de que sé que el mayor tiene escondida una licencia especial desde hace varios años. Y si conozco a mi hermano, no le dará ocasión a Molly de cambiar de parecer.

—¡Cielos! ¿Quieres decir que ya hace tiempo que...?

Nicholas miró a su esposa y se echó a reír.

—Échales una buena mirada a Derek y a Molly aprovechando que los tienes juntos delante de ti, querida. Eso debería responder a tu pregunta.

—Oh, vaya —dijo Reggie después de haberlo hecho—. Me parece que el tío James tiene razón.

Amy rio.

—Sí, ¿verdad? Claro que ya hace mucho tiempo que yo lo sabía, porque en una ocasión los sorprendí besándose. Lo que yo no sabía era que algún día ese beso acabaría llevando a esto.

—Y pensar que no he tenido nada que ver con su compromiso —suspiró Reggie.

James miró a su sobrina y rio suavemente.

—¿Cómo hubieras podido hacerlo, cuando ya estaban enamorados mucho antes de que tú nacieras?

—Soy consciente de ello, pero tú mismo lo dijiste, tío James. Han tardado un poco en llegar a la fase del matrimonio, y considero responsabilidad mía acelerar un poquito esa clase de trámites.

Amy se echó a reír.

—Esta vez no hubieses podido hacer nada, gatita. De hecho, y ahora que pienso en ello, yo diría que ha hecho falta el regalo para que se casaran.

—¿Acabas de descubrirlo, viejo amigo? —gruñó James.

Anthony enarcó las cejas, pero Charlotte habló antes de que se le ocurriera alguna réplica.

—Una boda navideña, ¿eh? ¡Oh, es maravilloso! Creo que voy a llorar.

—Tú siempre lloras en las bodas, querida —dijo Edward, dándole palmaditas en la mano.

Era la primera observación que salía de los labios de Edward, y no la que Jason esperaba oír del hermano con el que se sentía más unido, sobre todo porque era el que más se había opuesto a su divorcio.

—¿Ningún comentario acerca del escándalo que se armará, Edward? —preguntó.

—Hemos logrado sobrevivir a todos los escándalos que ha organizado esta familia —admitió Edward, pareciendo algo avergonzado—. Supongo que también sobreviviremos a éste. —Y después sonrió—. Además, me alegro de que al fin vayas a casarte por una buena razón.

—No tiene por qué haber ningún escándalo —dijo Reggie—. ¿O es que ya os habéis olvidado del regalo? No veo por qué no podemos seguir el ejemplo de las viejas amigas de sir William Thompson. Después de todo, el cotilleo es algo asombroso. Cuando empiezan a circular tantos rumores contradictorios sobre el último gran tema de conversación, nadie puede determinar cuál es la verdad y presentarla como un hecho. Nadie estará seguro de cuál es la verdad, por lo que al final cada uno acabará creyendo lo que quiera creer.

Pero Molly estaba meneando la cabeza.

—Mi caso no tiene nada que ver con el de vuestra

bisabuela. La gente de la comarca conocía a mi padre.

—Sí, pero ¿conocieron a su padre, o al padre de su padre? En realidad, podrías tener uno o dos lores escondidos en las alturas de tu árbol genealógico, Molly. Rara es la familia que no cuenta con unos cuantos antepasados concebidos en el lado equivocado de la manta.

—Y ya sabes que cuando a Reggie se le mete una idea entre ceja y ceja, ya no la suelta —le dijo Derek a su madre con una risita—. Dejemos que se divierta con los cotilleos. Después del éxito que obtuvo en el caso de Kelsey, lo hará de todas formas.

Molly suspiró después de ver cómo la única condición que había puesto acerca de la boda, la de que nadie más supiera que habían contraído matrimonio, se disipaba en el aire. Jason, reparando en ello, la atrajo hacia sí para hablarle al oído.

—¿Recuerdas lo que opinaba mi abuelo Christopher acerca del tema? —le preguntó.

Ella lo miró con sorpresa, pero al punto sonrió.

—Sí, y ya entiendo a qué te refieres.

—Me alegro. Y espero que te hayas dado cuenta de que mi familia no ha puesto ni una sola objeción.

Ese recordatorio le ganó un codazo en las costillas.

—No está permitido alardear de la victoria. Y

además, no han protestado porque todos te quieren y quieren que seas feliz.

—Te equivocas. Si no han protestado es porque tú siempre has formado parte de esta familia, Molly. Ahora meramente vamos a hacerlo oficial... y ya iba siendo hora.

OTROS TÍTULOS DE LA COLECCIÓN

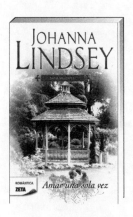

Amar una sola vez

JOHANNA LINDSEY

Los Malory son una familia de granujas apuestos, aventureros libertinos y damas con carácter creada por el talento incomparable de Johanna Lindsey, una de las autoras más populares del género romántico.

Amar una sola vez cuenta la historia de Regina Ashton, la exquisita sobrina de Edward y Charlotte Malory, cuya vida cambia para siempre la noche en que es secuestrada en una oscura calle de Londres por Nicholas Eden, un arrogante seductor cuyo pasado alberga un doloroso secreto.

Unidos por la vergüenza, el escándalo y una pasión inesperada y abrasadora, Reggie y Nicholas tardarán en comprender y aceptar lo que el destino les ha reservado: amar una sola vez en la vida.

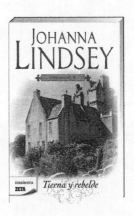

Tierna y rebelde

JOHANNA LINDSEY

Los Malory son una familia de granujas apuestos, aventureros libertinos y damas con carácter creada por el talento incomparable de Johanna Lindsey, una de las autoras más populares del género romántico.

Roslynn Chadwick es una exquisita heredera escocesa, para quien un matrimonio conveniente sería la única forma de protegerse de las malévolas intrigas de su primo y de la ambición de cuanto cazador de fortunas codicia a esa beldad pelirroja y su apetecible patrimonio. Anthony Malory representa todo aquello contra lo cual la habían prevenido: es un aventurero inglés, avasallante y apuesto, cuyos sensuales ojos azules prometen toda clase de placeres... *Tierna y rebelde* es una de las más entrañables novelas de la célebre saga de los Malory.